Kadokawa Fantastic Novels

身為VTuber的我

而成了傳說［8］

未滿20歲 請勿飲酒

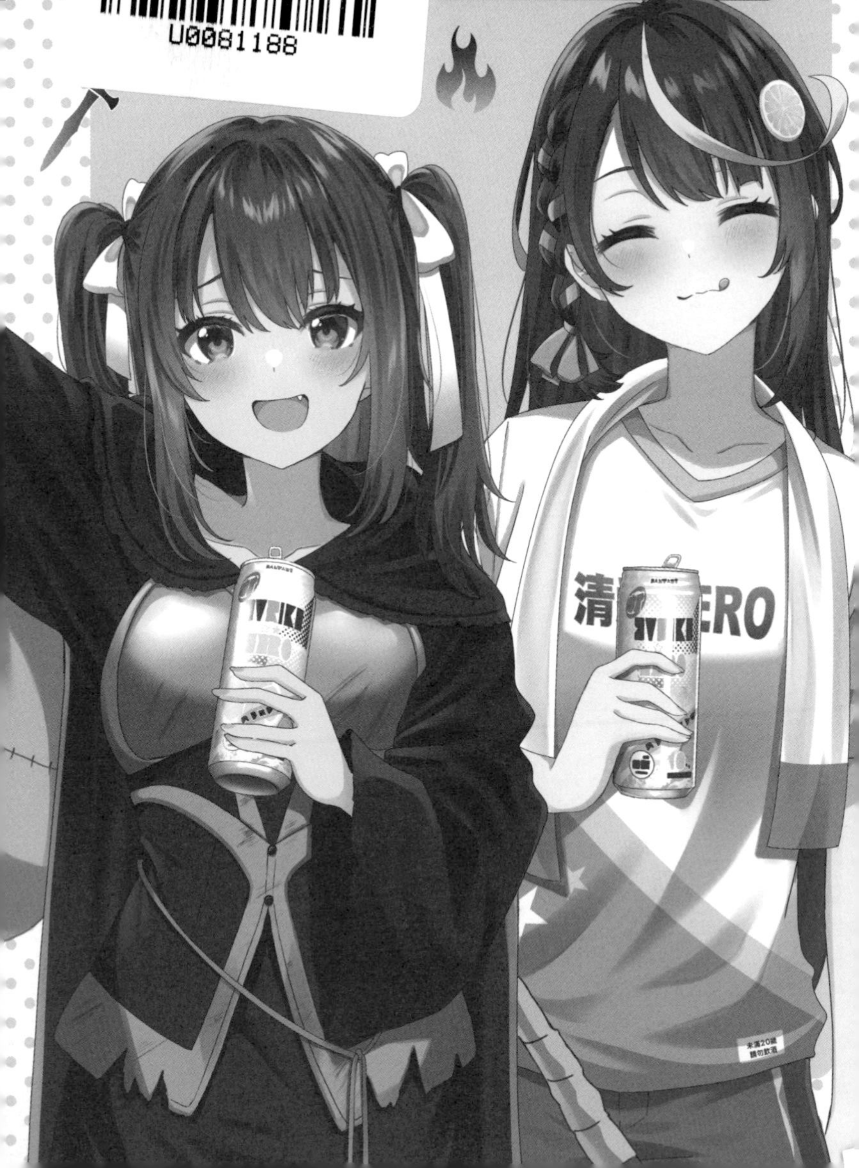

彩頁、內文插畫／塩かずのこ

迄今為止的前情提要

觀看次數：99,999,999,999次・2023/06/20

小咻瓦剪輯頻道

17.5萬 位訂閱者

已訂閱

☆☆☆☆☆　身為 VTuber 的我因為忘記關台而成了傳說第七集　讀後感

由於是五期生出道的一集，用了一整本來介紹五期生。

首先是 Live-ON 黑粉宮内匡。

錄用黑粉這樣的人選雖然出乎意料，但其實是個超級草包加上正值思春期的部分，還是在形象上取得了不錯的平衡呢。

看了她和晴的對談，覺得她日後大有可為，期待接下來的表現。

第二位是失憶（？）的短劍。

從她開場的言行舉止來看，原以為是中二病角色，結果隨著設定愈來愈多，破綻也愈來愈明顯……

基於插畫之力，摘下兜帽後的模樣讓人留下了極佳的印象……只要身在 Live-ON，就連可愛都會變成加分項目呢。

最後第三位是外星人秋莉莉。

只能說真的是宇宙來的啊。綜觀這系列，我還是頭一次見識到如此難以理解的傢伙。

不過從她和其他五期生的相處模式中，可以看出笨拙且傲嬌的一面，所以應該不是個單純的怪人吧。

五期生雖然各自獨樹一格，聚在一起時卻又顯得團結一致。我會繼續在遠處守望，期待她們將如何適應 Live-ON 的環境。

至於總評，請容我給出零顆星（因為是強〇嘛 wwwwwwwwwwwwwwww）

第一章

情人節企畫——巧克力製作對決

「情人節企畫——巧克力製作對決！就此開幕啦啊啊啊！」

晴前輩背對著像是用於拍攝料理節目的巨大廚房，高聲宣布。而我、貓魔前輩、小愛萊和小劍則是一臉呆滯地看著她。

某天，我們在網路上舉辦了「Live-ON猜拳大賽」這樣的活動。

這真的只是找來Live-ON的直播主們一起猜拳，也沒有要當成直播節目的意圖。若要說有什麼古怪之處，大概就是除了只有晴前輩的一期生之外，我們被要求以各期生為組別進行對決吧。但書是我們必須在猜拳大賽結束後，在網路上公布自己的成績——就是這麼一場有些乏味的活動。

只不過，面對這場大賽，我們罕見地拿出了真本事迎戰。

其理由在於企畫書上頭記載的一段文字：

「將熱烈款待各期生最後一名參加特別企畫。」

居然特地說要「熱烈款待」「最後一名」參加「特別企畫」——這讓我湧現了極為強烈的不祥預感。

而看到這行文字的成員們，恐怕都冒出了「雖然不明所以，但輸了肯定沒好事」這樣的念頭吧。

從那天起，我便展開了修行之旅，甚至特地開台尋求觀眾們協助，徹底研究能讓猜拳百戰百勝的法門。

雖然只是猜拳，卻可不是那麼簡單——我試著分析與即將對決的同期生們的個性進行預測，透過說特使出障眼法，甚至連心靈魔術都用上了。

「請試著想像小咻瓦的容貌。會浮現出強○對吧？這就是心靈魔術喔。」

：喔！？

：真的假的？喂，居然被她說中了啊！

：我的內心——被透視了嗎——

：不要擅自闖進別人的內心！

：這根本是安〇亞了吧！

：安〇亞喜歡強〇！

最後到了決戰之日——無論是修行的成果、想贏的心思，還是與觀眾們的羈絆，全都寄宿到了我的拳頭上。而在進行一場場對決後，這封企畫的請帖終究還是到了我的手上。

我一場都沒贏。

我依循請帖刊載的地址移動，並在事前收到了會進行長時間拍攝的通知。在專用會場進行長時間拍攝，顯然是非比尋常的規模啊……

我先在櫃台報到，前往直播主專用的待機室，隨即看到了一名陌生人。除了五期生之外，我早已在線下見過所有成員，所以很快就看出她是五期生的輸家小劍。

儘管不及化身的樣貌，但她依然嬌小可愛。在我面前的她渾身僵硬，表現得十分緊張，因此我盡可能以溫柔的語氣主動搭話道：

「初次見面！我是心音淡雪，本名是田中雪！」

「初、初初初初次見面！我是五期生的姬川和！」

「小劍！妳的記憶難道恢復了？」

「我是短劍！」

「好乖好乖。」

就在小劍逐漸變得沒那麼緊張的時候，大家的經紀人（像我就是鈴木小姐）紛紛到場，通知我們活動即將開始，帶領我們前往會場。

沒過多久，二、四期生的輸家——貓魔前輩和小愛萊也先後抵達了。

我默默跟在經紀人們身後前行。恐怖的是，都已經到了這個地步，我依舊沒有收到關於企畫內容的任何說明。畢竟身為輸家，想必得經歷一場懲罰遊戲吧，因此大家都踏著沉重的步伐。

而抵達會場後，出現在我們面前的是——一座氣派的烹飪攝影棚。

「哦！妳們來啦！我等好久了！」

原本正忙進忙出地協助工作人員們張羅現場的晴前輩，注意到我們的到來。

「事不宜遲，我馬上要開設直播，麻煩妳們做好準備啦！」

「「「「咦？」」」」

聽她劈頭就這麼宣布雖然讓我們吃了一驚，但我、貓魔前輩和小愛萊很快便切換成直播模式。一聽到直播這個詞就能立刻化身為直播主——幾乎可以稱為職業病了。晚了我們一拍的小劍也做起準備。

而在所有準備都告一段落後，開設好的直播台便正式開播——

——接回最一開始的場面。

「說明企畫內容！聚集於這裡的，都是在前陣子召開的猜拳大賽敬陪末座的天選之人！事前未曾獲知任何內容的她們，將在這裡親手製作巧克力，並由我朝霧晴擔任評審作出評比！也就是稍微提前的情人節活動啦！」

：開始了！

：喔！原來是這麼回事！

：挺讚的嘛！

：聽說這台有特別活動所以我來了。

：比想像的還要正經……只有我為此感到驚訝嗎？

雖說已經切換成直播主模式，但我依然是平時的心音淡雪。聽完企畫內容的我當場愣住，甚至沒辦法作出像樣的反應。

我之所以呆若木雞——除了因為突然收到要製作巧克力的指示而困惑外，其實占據更多的是

「咦？這樣就可以了嗎？」的茫然之情。

這或許才是病入膏肓的職業病吧。然而不僅身為輸家，況且又身處Live-ON，我原本以為肯定會被迫參加一場慘絕人寰的可怕企畫……但這說是對決，實際上就是大家和樂融融地一起做巧克力的活動吧？

其餘三人似乎也和我有著類似的想法，紛紛作出不知所措的反應。

「呵、呵、呵，要是這麼單純，未免太無聊了！」

啊，看來不用擔無謂的心了（絕望）。

「接下來我會遞紙給這四人，讓她們寫下需要的材料。現場禁止商量，限制時間為十分鐘！在她們寫好材料後，工作人員便會以最快的速度張羅，她們只能用這些材料做出巧克力喔！順帶一提，『禁止透過手機之類的工具獲取相關資訊』！」

……啊，原來如此，是這麼一回事啊。

換句話說，這其實就是——

「好啦，在完全沒有食譜的情況下，齊聚一堂的諸位成員能作出美味度幾分的巧克力呢？」

要在此時此刻，僅僅憑藉自身的知識一決勝負是吧——

「要注意的是，如果採取融化市售巧克力重塑的取巧手法，可是過不了我這關的！另外，請盡量體恤工作人員，寫些容易購買的材料喔。這裡的調理器具包羅萬象，完全不用擔心器材方面的問題！烹飪攝影棚就是讚！」

完全就是要評量人生至今為止的甜點製作經驗值呢。

所有人都用力地吞了口口水。

「那麼……大家一起愉快地製作詩情畫意的巧克力吧！」

「材料都沒問題吧？雖然沒有設下瑣碎的時間限制，不過扣掉冷卻一類的時間，要把烹飪時間壓縮在一小時之內喔！」

將寫有所需材料的紙張遞給工作人員後，他們似乎已安排採買人員在商店待命，只花了十幾分鐘就帶回了我們的材料。

「那麼──開始製作巧克力！」

隨著晴前輩一聲令下，我們這群吊車尾展開了行動。

幸好這裡的廚房夠大，就算四人同時下廚也不覺得擁擠。呃──首先得將這個倒入調理盆……

我執行著在寫下材料時構思的調理步驟，晴前輩則跑來窺探。她手裡握著手機，似乎正在拍攝。我詢問了一下理由，看來她會定時上傳拍攝的照片，好讓觀眾們確認進度。

「話說回來，這有點出乎意料耶——」

「嗯——？」

起初我雖然因為緊張而講不出話，但幾分鐘後總算適應了下來，於是便在調理的同時向晴前輩搭話。

「聽到要對決之際，我差點就嚇破膽了，結果卻是比預期還要和平許多的企畫。還以為要辦的會是一場懲罰遊戲呢。」

「我本來就沒說要辦懲罰遊戲吧？」

「話是這樣說沒錯啦……」

「順帶一提，這是官方主辦的活動，所以也會支付大家酬勞喔。」

「完全不像是輸家該有的待遇！」

「我事先不是說過，這是熱烈招待最後一名參加的特別企畫嗎？我可沒說謊喔！」

「原來如此……換句話說，我們雖然是最後一名，卻不是輸家呢。」

「另外，對於巧克力做得最好吃的人，我們將會重現她的製程，製作成限量商品喔。」

「「「咦？」」」

不只是正在聊天的我，其他人也一臉驚訝地看了過來。

「其實呢，我原本有個讓所有人參與製作情人節巧克力的企畫案。但因為迄今從未有過販售食品的例子，我怕倉促行事會出問題……打算等明年情人節再讓所有人一同參與，因此今年算是有點試營運的感覺。不過只是單純測試感覺滿無聊的，所以這次的活動才會應運而生喔。」

原來有這樣的背景啊……糟糕，我又緊張起來了……

其他幾位打算做什麼樣的巧克力呢？有些在意的我確認起周遭狀況。

……奇怪？

正當大家都忙得不可開交之時，就只有小劍一個人看著手邊的材料，一副若有所思的模樣。

她沒事吧？我雖然也有自己的巧克力要顧，但她顯然尚不習慣參加這類活動，還是讓我以前輩的身分幫她一把吧。

根據規則，我不能幫她出和調理有關的主意，不過聊個幾句緩解緊張應該沒關係吧。

「小劍，妳打算做什麼呢？」

「哎呀——師父，老子原本想做個帥氣又道地的黑巧克力，卻不曉得該怎麼融化這些可可豆呢……」

「……融化可可豆？」

我聽得有些不明所以，於是走到小劍身旁看看她手裡拿著的材料，結果真的是可可豆——就是看起來和杏仁很像的那玩意兒。

要融化……這東西？如果是拿來裝飾我還懂，但融化是什麼意思？

「……我問一下噢，妳其他的材料放在哪裡？」

「欸？就只有這個喔。」

「……咦？」

在小劍這麼開口的瞬間，不只是在場的直播主，包含工作人員在內的所有人都將目光投了過來。

大家起初都露出驚訝的表情，但很快便隨著無言的時間流逝而有所改變，最後顯露出來的則是——

『——妳是在開玩笑吧——』

嚴肅的神情訴說著這樣的感想。唯一的例外就只有協助小劍採買的工作人員，露出像是已經放棄掙扎的微笑。

「咦？奇怪？大、大家——？為什麼要擺出那種表情呢？……那、那個？老子做了什麼很糟糕的事嗎？」

察覺到現場氛圍驟變的小劍，逐漸變得不知所措。

身為師父的我率先打破寂靜，向徒弟開口。雖說禁止給予建議，但在這樣的狀況下，稍微吐個槽應該也不會被怪罪吧？

「小劍……我姑且問一下，妳沒有準備巧克力嗎？」

「呃，老子就是因為這樣才買可可豆的……黑巧克力不是直接融化可可豆製作的嗎？」

「小劍，巧克力的原料確實是可可豆沒錯。但那可是需要經過繁複的工法，才能製作出名為巧克力的成品喔。」

「咦……所、所以說，只靠豆子是做不出巧克力的嗎？」

「多少能作出相近的成品。但在一小時的限制下，是不可能作出像樣的東西的。」

「這不是牛奶巧克力，是黑巧克力耶？」

「兩者的製程大同小異喔。還有，就算妳真的找到方法磨成粉，作出類似巧克力的製品，然而要是沒有加入大量砂糖，也會苦到無法入口，一點都不好吃喔。」

…………

「糟……」

「糟？」

「糟啦——失憶的後遺症冒出來啦——！因為失憶，老子連巧克力的作法都想不起來啦——！哎呀——！搞砸啦——！這樣呀——原來是這麼回事呀——！嗯嗯！說起來，老子就覺得應該是要這樣做才對呢——！」

她帶著哭腔的嗓音簡直可以拿來當成範本了。

「……淡淡卿，這下可能不太妙了。」

「晴前輩，發生什麼事了？」

「看到小刀那窩囊的模樣……我就變得超級亢奮，好像有奇怪的心門要被推開了。」

「晴前輩，您難道不曉得嗎？」

「不、不曉得什麼？」

「有些養分是只能透過淚眼蘿莉的顫抖嗓音攝取到的。」

「看到淡淡卿病入膏肓的表情，讓我壓制住了推開門扉的衝動呢。」

：wwwwwwwww

：會在情人節送人可可豆的糟糕傢伙。

：這不是友情巧克力，而是有（一點）像巧克力啊。

：拿去，這是巧克力！我要說清楚，這只是有像巧克力的玩意兒！別搞錯（友情和有像）了喔！

：本來就不該送這種玩意兒啊！

：送這東西根本怪到不能再怪了吧？

：欸？如果沒有其他材料，這下是不是卡關了？

：來了個找工作人員去買可可豆領酬勞就回家的新人啊。

：這是我頭一次差點相信她真的失憶的瞬間。

「嗚哇啊啊啊啊啊！我明明就不太會做菜還想耍帥結果出糗了真是抱歉咿咿咿咿咿咿！」

在那之後，節目組破例給了建議，告訴她可以讓豆子變得較能入口的作法，隨後小劍便急忙用平底鍋炒起可可豆。

「淡淡卿打算做什麼呢——？」

小劍悲愴的失誤雖然讓我們在一開場就停下了動作，但如今大家都繼續著調理的步驟。

我將鮮奶油倒進鍋裡準備加熱。而晴前輩似乎對我的動作感到相當好奇，在詢問的同時連按了好幾下快門。

「我打算製作生巧克力。」

「生巧克力！」

呵、呵、呵！沒錯，這就是我在苦思良久後，決定用來攻克這次活動的祕方。

首先，我雖然還算會做菜，卻幾乎沒有做甜點的經驗。應該說，做甜點的過程著實繁瑣複雜，大概只有樂在其中的人們能夠持之以恆吧……？

只不過，即使是我這種甜點菜鳥，多少還是有做過生巧克力的經驗，因為那真的很簡單嘛。

基本上，只要將加熱過的鮮奶油和巧克力攪拌均勻，倒入模具冷卻，再撒上可可粉一類的裝飾粉，就能做出有模有樣的生巧克力。我當時只是想試著拿來消耗剩餘的鮮奶油，最後卻做出意外美味的成品，連自己都嚇了一跳呢。

不僅如此！我之所以在這次活動裡挑選生巧克力來做，還有另一個重要的理由。

那就是──「看在外行人眼裡會是很精緻的巧克力」！

沒錯。生巧克力不僅名字好聽、口感特殊，還有著洗鍊的造型，對於一無所知的人來說，看起來就像是精心製作的高級點心！

會做菜又會做甜點的女人，肯定會深受男性的喜愛吧！我要趁著這個機會拉抬自己的分數，利用有趣和清秀間的反差迷倒諸多觀眾！

清秀終於成了我反差的另一面！雖說我原本應該就是屬於清秀型的女人才對呀！啊哈哈哈哈！

……總之如此這般，為了不讓大家看出我陽春的烹飪手法，就擺出煞有其事的架勢繼續做下去吧。沒錯，我現在的模樣像極了頂級的甜點師父！

接下來就點火加熱──

「原來如此！明明工序非常簡單，看在外行人眼裡卻是精緻的點心！為了贏下這次的活動，居然挑了再合適不過的生巧克力。淡淡卿真有一套！」

「我不做啦啊啊啊啊啊啊啊啊！！」

我扔下調理器具，衝到廚房的角落！

「為什麼您把我的心聲全都說出來啦？這下子我就算做得再好，也只會像個討人厭的心機女不是嗎！」

「對、對不起啦，因為妳烹調時的得意之情溢於言表，我就不小心幫妳代言了。」

「為什麼要幫我代言啦！既然您都明白，就多稱讚我的手藝一些呀！要不然多捧我一些也行！或是稱讚我很清秀啦！現在的我不要點小手段的話，觀眾就不會發自內心地稱讚我啦！」

「因為妳就連把鮮奶油倒進鍋子裡的動作都很搶鏡，做作到我都想吐槽了嘛！即使想稱讚妳很清秀，但製作手法一點也不清秀呀！」

「什麼叫做手法不清秀啦！晴前輩是白痴——！笨蛋——！窩囊廢！」

「妳講壞話的語彙能力和小刀差不多耶。」

「啊——？」

「感覺在老家講話的聲音很低！像是FE傑〇（註：戰略電玩遊戲「聖火降魔錄」系列作品「暗黑龍與光之劍」的角色傑剛。儘管序盤便以高等級的兵種登場，但因為能力值幾乎不會提升，後來被視為「初期強大但無法成長的角色」的代名詞）的角色！身體細胞和蟋蟀一樣的女人！」

「奇怪，妳是突然打到了金〇王（註：電玩遊戲「勇者鬥惡龍」的金屬王，為怪物金屬史萊姆系列的高級種族，打贏會獲得大量經驗值）不成？等級突然提升太多，語彙能力變得像口袋刀一樣……」

「那是指誰的喲～？」

「啊，抱歉，妳現在的綽號是頭目呢。」

「我從未被稱為口袋刀過，現在也不是頭目的喲！」

……這不是都曝光了嗎？

……差點就被她給騙了……

……小劍的「啊——？」拯救了許多人的性命。

……在意圖騙人的當下就一點也不清秀了吧？

……所謂的清秀，是一種相由心生的特質喔。

……我才在想說她幹嘛從那麼高的位置往下倒鮮奶油……

為了取勝而化身一流甜點師的作戰，居然落得了適得其反的下場……要是烹飪的舉動再樸素一些，晴前輩說不定就會願意放我一馬了！

不應該……不應該是這樣的呀！

「好啦好啦。小淡雪，貓魔我覺得生巧克力很不錯喔。」

貓魔前輩特地跑來安慰我了。她是隻會在別人消沉時陪伴在旁的溫柔貓咪呢。

「喵。晴前輩雖然嘴上不饒人，但她肯定也會想吃小淡雪製作的生巧克力喵。」

「對對！我想吃！」

「……真的嗎？」

「而且妳仔細想想，小劍她可是只端得出可可豆喔？」

「這麼說也是呢！」

「師父（打──擊）？」

被這麼一說，我登時打起精神。沒錯沒錯，我還沒在這場競爭中落敗呢。畢竟和做不出巧克力的人相比，我依舊更勝一籌。

我再次回到瓦斯爐前方。有了小劍這個前車之鑑，我明白了裝模作樣只會事與願違的定律。接下來就認真地調理吧。

「……淡淡卿，這下糟了。」

「咦？發生什麼事了？」

「從聊天室的留言比例來看，觀眾們想看的似乎不是淡淡卿下廚，而是想看咻瓦卿製作的巧克力呢。」

「咦……這什麼奇怪的要求啦……」

「能不能變點花樣出來呢？」

「咦？您是要我再弄一道甜點出來的意思？」

「就算簡單一點也沒關係啦！太強人所難了嗎？」

突然被這麼要求實在是有點……不過，倒也不是沒辦法啦。

「如果有必要，也可以再去採買材料——」

「不，沒問題的。經紀人小姐！麻煩把我放在休息室的包包拿過來！」

我從鈴木小姐飛奔取來的包包之中，掏出了一罐強○。

「……淡淡卿，為什麼妳的包包裡會有強○？」

「這是隨身強○喔。」

「這是在搞笑嗎？」

「我可是很正經的喔，清秀的我哪可能會開這種玩笑啊？因為這次企畫的內容完全保密，我擔心會突然收到要變身成小咻瓦的要求，才會帶在身邊的。」

「多麼讓人嘆為觀止的專業意識！淡淡卿，妳好厲害！」

「我也沒想過明明是隨身攜帶強○，居然會有被稱讚專業意識的一天啊。算了算了，只要用調雞尾酒的感覺倒點巧克力漿進去，應該就很有咻瓦的感覺了吧？」

「謝謝妳的配合！果然淡淡卿就是可靠！幫大忙啦！」

呼，看來是順利過關了。這就是有備無患呀。

我雖然安心地喘了口氣，在一旁觀看的小愛萊卻露出賊兮兮的笑容對我說道：

「不過這基本上就是強○，所以應該沒辦法做成商品的喲～！就某方面來說，比可可豆還不如的喲～！」

「？師、師父！您難道是在為老子著想嗎？」

「我是在說笑的！只是為了搞笑而帶過來的！好想在戶外～讓心情好起來～！來！任意取用強〇！強〇的出場時間就此結束！我也沒有要調什麼雞尾酒！大家都明白了吧！（註：惡搞動畫「哆啦Ａ夢」主題曲歌詞）」

「師父（打——擊）？」

：用盡全力否定笑死。

：「清秀的我」是什麼玩意兒啊？

：捨棄清秀戰勝了可可豆的女人。　￥10000

：是在和什麼東西戰鬥啦？

：小劍從剛剛開始就表現得既可憐又可愛。

：喂，狸貓機器人，你對小學生掏出了什麼鬼東西啊？

：每一集的祕密道具都是掏強〇的哆啦〇夢實在是過於諷刺。

〈相馬有素〉：我也好想參加是也……

：妳只是想吃小淡的巧克力吧。

會錯意的小劍雖然對我展露出感動的神情……但真是抱歉，我不能接受比可可豆還糟糕的評語啦……

調理步驟大約進展到一半。在我混合著鮮奶油和巧克力的同時，晴前輩將攝影機對準了貓魔前輩的手邊。

「貓魔要做什麼呢！」

「哦？很在意嗎？為了讓晴前輩開心，我可是卯足全力製作喔！」

「真的假的？咦——聽到是為了我，就讓我整個人開心起來了呢！」

「這可是灌注了貓魔我日積月累的感激之情喔！……不過，現在有點傷腦筋呢……」

「哦？怎麼啦？」

「貓魔是貓，所以吃不了巧克力呢。也因為如此，不曉得能不能做出符合晴前輩這位人類的口味……」

「咦？怎麼突然強調起自己是貓的設定了？妳平常明明就不在乎的……」

「雖然貓魔我不太懂人類的口味，但妳還是願意吃我的巧克力嗎？」

「咦咦咦？既、既然是特地為我做的，我當然會開開心心地吃下去啦。」

「是嗎是嗎！那我就要把這袋貓飼料倒進融化好的巧克力裡啦——！」

「給我住手喔喔喔喔喔喔喔喔喔喔喔？」

聽到晴前輩的吶喊，嚇了一跳的我轉頭看去，只見貓魔前輩隔水加熱融化巧克力後，將一袋貓飼料——所謂的貓乾乾大量地倒了進去。

「貓貓貓貓貓魔妳在做什麼啦——？」

「喵哈哈哈！貓魔也想讓晴前輩嚐嚐我愛的食物嘛！」

「我從沒看妳吃過貓飼料！而且我是個人類呀！」

「但妳剛才說過想吃對吧？難道妳是在騙人嗎？」

「不是呀，我又不曉得會變成這樣！」

「欺騙動物的話可是會構成虐待動物的喔。要是一期生做出這麼荒唐的行為，會讓整個Live-ON的風氣都受到影響喔？」

「這女人威脅的手法還真惡質！」

晴前輩慌忙地想出言制止，貓魔前輩卻一副看她的反應取樂的模樣。

這下晴前輩總算明白貓魔前輩的意圖，露出惡狠狠的眼神瞪了過去。

「貓魔——！原來妳剛才刻意強調平時不在乎的貓咪設定，就是為了搞這齣嗎！妳這是在反咬我一口啊！」

「喵哈哈哈！天才小姐，妳察覺得太慢啦——！貓魔我對做點心可是一竅不通喔！與其被妳

KARI KARI

嘲笑廚藝不精，還不如做些古怪料理塞到妳嘴裡！」

「嗚！貓魔，妳居然來這一套——！妳以前明明不是這種會耍卑鄙手段的個性呀！」

「晴前輩，這是貓魔我的——復仇喔。」

「復、復仇？為、為了什麼？難、難道我在不知不覺間得罪了貓魔——」

「灌○高○。」

「欸？」

「之前看灌○高○電影版在上映之前的評價，還以為肯定很合貓魔我的胃口，結果居然是一部超級好看的電影！我就是為此復仇的喔喔喔喔喔喔——！」

「這不是和我一點關係都沒有嗎——！」

雖然明顯只是在遷怒，但貓魔前輩仍淚眼汪汪地說了下去：

「貓魔我其實也隱約察覺到！那位天才原作者都親自擔任導演操刀了，真的有可能做出不好看的作品嗎——這樣的疑惑一直在腦海裡揮之不去！結果根本就是一部叫好又叫座的傑作啊！氣死我了！當電影院觀眾都沉浸在感動的情緒時，只有我一個人露出了像是宇宙星空貓咪的臉孔！妳能明白貓魔我的感受嗎？」

「不不，和我無關和我無關！雖然不討厭劣質電影，但跑去看這部電影的我可是身為原作粉絲並為之感動的那一方啊！」

「一定是因為最近被大家說成悲情人物！貓魔我要把悲情角色的標籤貼到晴前輩身上了！」

「咦咦咦………」

：來這招啊www

：上映之前確實是吵得挺凶啊。

：雖然是以看過原作為前提，但真的很好看呢。

：畢竟是將盼望已久的那一戰改編而成的動畫嘛。

：不過要是聖大人來了，肯定會端出形狀很那個的巧克力香蕉吧。所以還不算太慘烈啦。

￥500

〈宇月聖〉：我會端出雞〇香蕉喔。

：嗚哇。

：回看守所去啦。

〈宇月聖〉：我還沒被逮捕喔？

：居然知道遲早會被逮捕？

：詩音媽咪到場的話，八成會在乳頭上塗巧克力叫人吸喔。

：聽起來是機率偏高的必然現象呢。

我雖然在一旁聽著，但這種聽了也完全不會產生同情的自白還真是罕見……

「奇怪？」

突然感到有些在意的我，加入了兩人的對話之中。

「可是晴前輩，您吃蟋蟀的時候不是一點抗拒也沒有嗎？貓飼料對您來說應該沒什麼吧？」

「咦——？可是那些蟋蟀是給人吃的喔？貓飼料是給貓吃的食物耶！」

「？所以不是味道方面的問題嗎？」

「明明是做給貓吃的食物，讓人類來吃豈不是很奇怪嗎？要是有做給人類吃的貓飼料，我就不會介意了。」

「？這比小劍的可可豆更讓您難以接受嗎？」

「如果是可可豆倒沒關係。雖然應該不太好吃，但至少是給人吃的食物嘛。」

該怎麼說，這就是天才獨有的思維嗎？總之，比起蟋蟀或可可豆，她似乎更討厭貓飼料。

「倒不如說倘若有這方面的顧慮，您打從一開始就不該當評審吧……？」

「我不想只讓一期生被排除在這場企畫外啦——！」

「是這樣喔……」

「好啦好啦，別這麼擔心。雖然說是貓乾乾，但只要抹上一層巧克力並加以冷卻，應該也不至於無法入口吧？」

「是這樣嗎——？」

「還有，晴前輩，告訴妳一件好事。這袋貓飼料居然——」

「居然——？」

「是用人類也能吃的原料製作的，也就是所謂的人類食用等級喔！」

「就算可供人類食用，也不是做給人類吃的吧！」

晴前輩這麼吐槽後，像是死了心似的調整呼吸，再次拍起照片。

「不過既然身為企畫的主辦方，我就原諒妳的作為吧！然而繼剛才的雞尾酒，這又是一款沒辦法做成商品的巧克力呢。為什麼可可豆就這麼一路擠進了中堅的排名呢……」

「喂，糟糕啦！小劍聽到妳剛才的感想似乎大為振奮，開始喜孜孜地甩起了平底鍋啦！」

「住手——！別把豆子撒得到處都是啦！」

我連忙制止小劍。烹飪的進度真是緩慢啊……

「好！之後只要把冷卻後的巧克力切成塊，再撒上很符合淡雪形象的糖粉，就大功告成了！」

「辛苦了——！感覺做得挺好的呢！」

大概是因為邊玩鬧邊製作，總覺得花了比預期更多的時間，但我的生巧克力幾乎已經完成了。晴前輩不僅給我掌聲鼓勵，還慰勞了幾句。

小劍的可可豆也烘焙完畢。貓魔前輩為了不讓裹上巧克力漿的貓乾乾黏在一起而費了些功夫，但現在也和先前的我一樣，進入冷卻階段。

也就是說，我們這三人幾乎都已經完工了。剩下的只有——

「呼，順利讓麵團壓模完畢了！好、好累人的喲～」

額頭冒汗的小愛萊這麼喊著，暫且停下手邊的工作休息。

小愛萊的汗水就是證據，證明她並沒有混水摸魚。應該說，她表現得比我們其他人更為專注，也是她幾乎沒有參與對話的原因。

小愛萊的進度之所以比我們緩慢，和她挑戰的食譜有關。

她正在製作的是「巧克力餅乾」，似乎是在看到現場有烤箱後，做出了這樣的決定。

聽到她這麼說的當下，我還一度認為這樣的選擇很不錯，覺得自己錯失先機，現在卻不禁覺得這樣的挑戰很有勇氣。畢竟和我的生巧克力相比，小愛萊的製程明顯複雜許多……

我曾聽過「做甜點就是在做苦工」這樣的說法，想不到居然是真的……倒不如說正因為小愛萊很有力氣，才能在這麼短的時間內完成麵團的製作吧。

「最後只要用巧克力筆在麵團上繪製動物的臉孔，再放進預熱好的烤箱烤製，就大功告成的喲～」

不僅如此，她似乎還加入了吻合直播主形象的要素。製作的之所以是白麵團而非巧克力麵團，似乎就是為了這個步驟。

雖然我們三人提早完成了，不過距離活動截止的時間還有一大段，想必能順利完成吧。

「好啦，那就開始畫吧！……我能畫好……我一定能畫好的……」

奇、奇怪？她低喃的內容好像不太妙耶？

「嘿……咿？呼，好險……」

雖然偶爾會發出不安的喊聲，但小愛萊仍努力地繪製著。

至於成果則是……呃，我看得出她很努力了。不過一想到這是出自對動物知之甚詳的小愛萊之手……就覺得簡化得挺徹底的。

該怎麼說，雖然覺得有點意外，但她說不定很不擅長這種需要精雕細琢的手工活呢……

「超可愛的耶……」

「真的嗎？太好了的喲～」

哎呀？小劍似乎相當讚賞的樣子。雖然立志成為帥氣的女生，但小劍其實還滿喜歡可愛的東西。這種吉祥物般的風格似乎反而深得她心呢。

「呼，只剩下最後一片的喲！」

「全部畫完之後讓我拍個照，好讓觀眾們看個清楚喔！」

「瞭解的喲～！對了，既然機會難得，就讓小劍來決定最後要畫哪一種動物的喲～」

「咦，讓老子決定？這樣好嗎？」

「這是剛才稱讚餅乾很可愛的回禮的喲～」

「那麼——提到愛萊前輩就會想到大猩猩，所以就畫大猩猩吧！」

「明白的喲～！…………大猩猩？」

小愛萊雖然一口答應，但幾秒後便露出嚴肅的神情偏了偏頭。

哦，也是啦。和其他動物相比，突然聽到要畫大猩猩確實會有些苦惱呢。像我就不曉得該怎麼簡化牠的長相。

小愛萊先是瞥了小劍一眼，但看到她期待不已的反應後，似乎便下定決心。

「沒事的。只要掌握特徵，我一定畫得出來……」

她先是打起草稿，但似乎不甚滿意，又再次舉起了巧克力筆。

「…………………」

小愛萊慎重萬分地下筆，集中全副心力的模樣甚至散發著一股魄力。

「………………完成了！」

花費了比先前更多的時間所繪製出來的動物，確實有著大猩猩的樣貌。

「喔——！」

小劍的歡呼聲隨即傳來。

「啊……」

不過，她的視線驀地一偏，並一瞬間轉為悲傷的語氣。

「小熊……」

「咦？啊？」

小愛萊循著小劍的視線看去，只見她自己的手按在了剛剛畫好的小熊餅乾上頭。

看來她是用沒握筆的那隻手支撐著身體，就這麼不小心壓碎小熊餅乾。大概是全神貫注，所以一直沒有察覺到吧。

「…………」

「啊、啊——……」

看到小熊慘不忍睹的模樣，小劍的表情變得陰鬱。真是個多愁善感的孩子。

見狀，小愛萊似乎也不知該如何是好。她先是慌張地游移視線，隨後朝我們投來求助的目光。

呵，小愛萊，包在我身上吧。看我用一句話讓小劍重新綻放笑容！不過……妳可別抱怨喔？

因為是妳主動求助的喔？

如此這般——

「小愛萊她——赤手空拳地殺了小熊呢——」

「嗄、啥？」

聽到我的發言，小愛萊睜大雙眼。

「小、小愛萊，妳怎麼這樣！不用因為大猩猩太難畫，就把氣出在無辜的小熊身上吧！」

「一拳打碎臉孔……頭目，妳果然是Live-ON的頭目無誤。」

「等、等等？」

貓魔前輩和晴前輩紛紛察覺到我的意圖，妳一言我一語地幫腔道。

然而即使講到這個份上，小愛萊似乎依舊沒能明白我們的用意，對我投來責難的視線。

小愛萊，我不是在整妳，真的不是啦！

「小熊指的是餅乾啦！」

「小愛萊！快看小劍！」

「？啊～……」

「啊哈～……頭一次親眼看到了組長的表演（憨笑——）！」

沒錯，小劍明明失憶，卻又是Live-ON的粉絲，無疑是個矛盾的生命體！因此就算犯下了壓碎小熊餅乾的失誤，只要和Live-ON特產之一——組長哏組合起來，就能翻盤局勢，讓小劍得以重拾笑顏！

：咦？小熊？

：發生什麼事了？

：大概是畫了小熊的餅乾出了什麼狀況吧？

：啊——

：不，從小淡剛才的反應來看，我推測是有野生的熊被點心的香味吸引而來，然後被組長一拳打爆腦袋吧。 ¥893

：就是這個。

：原來是這麼回事！

：畢竟也有感覺熊會喜歡的貓飼料嘛。

：我是空手殺熊的直播主苑風愛萊的喲～

：愛萊動物園小知識。為了無傷捕捉，養在園裡的熊是她用眼睫毛摺倒後拖回去的。

：真不愧是咱們的組長，俺會追隨您一輩子！

：你們喔www

「欸，不對不對不對！因為傳遞給觀眾的幾乎只有聲音，現在聊天室裡變得謠言四起的喲！」

「要為了守護小劍的笑容忍住啊！」

「嗚嗚……」

小愛萊差點就要被我們說服，卻在看到聊天室後再度燃起反抗之心。

但在我的力勸之下，她終究還是退縮了。她先是苦思幾秒鐘，隨後看了一眼小劍的臉龐，最終得出的結論是——

「對、對於壞人家好事的傢伙，就要招待他們參加血腥情人節啦！」

「好強喔喔喔喔喔！好帥喔喔喔喔！（拍手拍手拍手！）」

小愛萊決定拋下自尊，守護起小劍的笑容。

：居然承認了？

：總是謙虛自持的組長居然認了！

：這好像是頭一遭啊？

：今晚煮熊肉鍋慶祝啦！

：這下證明了小愛萊的巨乳並非脂肪，而是鍛鍊有成的胸肌呢。

：¥5000

「啊哈哈哈——……等回去之後得澄清誤會……但應該澄清不了吧——……」

小愛萊發出乾笑，將餅乾送進烤箱中。

如此一來，扣掉最後的裝飾步驟，所有人的調理進度都正式告一段落了。

在那之後，趁著烤餅乾和冷卻巧克力的空檔，我們稍事休息。

而結束休息的我們各自做起最後的收尾。

試吃的時刻終於到來，我們的成品都端到晴前輩面前。

「呃——從我的右手邊開始，依序是：

『快哭出來的小劍炒出來的有（一點）像巧克力』

『強巧克力』

『生巧克力』

『被丟入宇宙灌籃的貓為了復仇而做出的貓飼料巧克力』

『在徒手宰殺野熊的同時製作的動物巧克力餅乾』

成品雖然都端上來了，但我可沒有要妳們用巧克力表現出Live-ON的意思喔？」

「老子努力地炒過了！」

「以這些作品來說，生巧克力反而顯得過於突兀，有種深不可測的感覺，真討厭呀……」

「安○教練……我想看劣質電影……」

「等回去之後我要立即開台，拚命化解誤會的喲～」

「淡淡卿！麻煩代替咻瓦卿說句話！」

「為各位獻上一曲——『就算我變成了強〇』（註：惡搞日本歌手森高千里的歌曲「就算我變成了歐巴桑」）。」

「乍聽是咻瓦卿的發言，但這其實是淡淡卿的抒發之曲吧……？」

不知為何，之前提過的那杯雞尾酒也算數了。我明明就說不要做了……

：是哪邊的邪教舉辦儀式用的貢品嗎？

：老實說最想要的是可可豆。

：就成品的照片來看，倒也沒有誰的作品是一看就不行的。

：生巧克力和餅乾看起來挺好吃的，會是奪冠候選嗎？

：貓魔的作品其實就外觀來說也還不差喔。

〈山谷還〉：就算我變成了歐巴桑，你也願意疼我嗎？♪

：咦？「就算」？？？？？？？？？

〈山谷還〉：喂，官方人員！立刻將那個把還喊成歐巴桑的垃圾混帳封鎖掉！

：有夠草。

：他其實沒說呢。

〈Live-ON官方〉：遵照本人的期望，已封鎖了山谷還的帳號。

：不是封那個啦——！www

：真是大草原。

：出乎意料的自滅！

：畢竟說出歐巴桑這詞的是她本人呢w

：被官方封鎖帳號的旗下直播主有夠草。

〈Live-ON官方〉：剛才似乎有些誤會，因此解除了帳號的封鎖。

：喂，官方你們是在玩吧？

：真抱歉兒真抱歉兒。

〈山谷還〉：→為什麼你一副理所當然的模樣活蹦亂跳啊……

：我下次會丟超留給妳，原諒我吧。

〈山谷還〉：還最喜歡風趣的人了！今後也多多指教喲☆

：這孩子還真是八風吹不動啊……

：一想到自己正和直播主直接互動，就讓我心臟狂跳不已。

「那就進入評分的環節嘍！我要開動啦！就按照剛才介紹的順序開始吃吧。首先是小刀的作品——」

晴前輩這麼說著，將可可豆送入口中。我能感受到身旁的小劍重重地吞了口口水。

「（咔哩咔哩）」

她咀嚼了好幾下。

「抱歉，我要喝強〇了！咕嘟咕嘟咕嘟噗哈啊啊啊啊！」

隨後，她一鼓作氣地喝下了我用強〇和巧克力調製的雞尾酒。

「換下一盤吧！」

「啊——？奇怪？老子的巧克力的評語呢？」

「小劍，晴前輩那一連串行動早已盡在不言中了喔。」

「打——擊……」

「苦到難以置信呢……淡淡卿謝啦，是強〇把我救活了呢。」

「雖然是我製作的巧克力，但也請您別把它當水灌呀。」

「咻瓦卿製作的雞尾酒評價如下——由於在甜味偏淡的強〇加入了甜甜的巧克力，整體滋味變得跟多頭馬車一樣！」

「我沒問您的評價。」

晴前輩重振精神，拿起下一盤作品——那是我製作的生巧克力。

她的反應不像吃可可豆時那般馬虎，而是細細品味了好一陣子。

「您的感想如何呢……？」

「真好吃！」

「真的嗎！太好了……」

「雖然比不上市售產品，但這種親手製作的感覺真不錯呢！」

「嘿嘿！」

「唔……老子做的也和生巧克力差不多吧？」

「那個『生』的意義差得可多了。」

「淡淡卿，我懂妳。妳的意思是，這就像是偶像模式的草○先生和在公園全裸的草○先生一樣差距甚大對吧！」

「那應該是同一個人喔。」

「老子超喜歡那起事件的！」

「為什麼是透過事件喜歡上這個人啊……」

「和淡淡卿一樣嘛。」

「…………咦，好奇怪喔？我原本還打算出言反駁，愈想卻愈有道理？說起來，以前的我一點也不紅，所以反而是我理虧了……？」

「淡淡卿，看開一點。大眾原本就比較喜歡富有人性的對象嘛。」

請別在這種狀況下講得頭頭是道，我會不知該作何反應……

哎，總之我做的巧克力似乎沒失敗，還讓晴前輩留下正面印象的樣子。這下子是不是贏定了？

而在給了我希望後，晴前輩正準備享用下一盤……動作卻隨即僵住。

《相馬有素》：我也想吃淡雪閣下的生巧〇雞是也。

：喂——！

：真想不到會看到比聖大人更糟糕的文字馬賽克。

：那個〇不管怎麼填都是她的真心話吧？

：怎麼了？難道現在的Live-ON吹起了空前絕後的巧〇雞風潮？

：是能想到的風潮之中最糟糕的笑死。

：接下來終於要輪到貓魔了嗎？

：最難想像滋味的作品要來了。

面對貓魔前輩製作的巧克力，就算是能面不改色地咀嚼可可豆的晴前輩，也露出了猶疑的神情。她果然還是很不想吃吧。

即使如此，她似乎仍打算貫徹身為評審的骨氣，很快就下定決心，將裹上巧克力漿的貓飼料送入嘴裡——

「…………咦？」

每一次咀嚼之際，晴前輩都明顯表現得極為慎重。只不過，她原本厭惡的表情卻隨著咀嚼速度加快而轉為困惑。

「不難吃……應該說還不錯？」

「嗄？」

這出乎意料的反應雖然讓眾人為之一驚，但最驚訝的還是製作者貓魔前輩。她罕見地發出了一點也不可愛的聲音。

「真、真的假的？不、不覺得想吐嗎？」

「等我一下，我再吃一口…………嗯，果然還不錯吃呢！」

「怎麼可能……」

以活動內容來說，這樣的反應雖然不太對勁，但貓魔前輩這次的目標是要向晴前輩報一箭之仇。這種贈鹽予敵的結果，讓她罕見地露出狼狽的神情。

「不可能吧？就算裹了一層巧克力，貓飼料還是貓飼料呀？」

「哎呀，妳聽我說，這款貓飼料本身似乎沒什麼味道，所以我只吃得到巧克力的味道喔。因為口感不錯，感覺像是在吃偏硬的巧克力薄片呢！雖然吞下肚之後會有股奇怪的臭味，但扣分的項目大概也就只有這個而已了。」

「這、這怎麼可能！那貓魔我到底是為了什麼下廚……」

「謝謝妳送的情人節巧克力啦。」

「我明明不想聽到這種感想……」

貓魔前輩雙膝一軟，當場頹坐在地。在大受打擊後，隨後湧上的似乎是不甘的情緒，讓她發出低沉的「唔唔」聲。

「早知如此，貓魔我就該改用貓罐頭一類的濕式貓飼料來製作了。」

「……應該說，您為什麼不從一開始就這麼做呢？總覺得那樣的成品肯定會比貓乾乾來得難吃許多吧？」

「可是……要是做出太難吃的東西，那個……對要吃的人來說也太難受了吧？」

有些在意的我開口詢問。而貓魔前輩則是將視線從地板上挪開，支支吾吾地回答道：

「您這不是把善意表露無遺了嗎？您的個性真是一點也不適合復仇呀。」

「少、少囉唆！」

一旦保有良心，就沒辦法讓復仇成立。貓魔前輩打從一開始便只是露出獠牙，卻完全沒有要咬人的意思。

：貓魔真可愛。

：總覺得真的變成和樂融融的企畫了呢。

：倒不如說她身為悲情人物的印象又加深了。

：把商品名改成童言童語的「向飼主ㄈㄨˋㄔㄡˊ的巧克力」吧。

〈宇月聖〉：這商品名稱感覺很對詩音的胃口啊。要是被她知道哪裡有在賣這種商品，說不定會狂奔而去呢。

：可怕，妳的女友根本是Live-ON啊。

：現在的詩音媽咪說不定真的會幹下去。

：感覺不管路上遇到任何難關，她都不會停止步伐，朝著目的地跑去。

：是在唱It's My Life（註：邦喬飛的歌曲）嗎？

：不妨重新審度自己的人生吧。

〈宇月聖〉：是It's My Wife啦。

「話說回來，還真是出乎意料，想不到這樣的組合也挺好吃的——這也讓我開了眼界呢。」

感覺不僅沒達成復仇的目的，還讓晴前輩獲取新知……不過能和平落幕就是好事，很好很好。

「這玩意兒和淡淡卿的生巧克力難分軒輊喔。」

「請等一下。」

這就一點也不好了。

「咦，您是在開玩笑吧？我的生巧克力有這麼不堪嗎？」

「沒有喔！妳的作品和貓飼料巧克力差不多美味喔！」

「不不，您這樣講會有帶風向的感覺啦！我不要！我說什麼都不想輸給貓飼料！要是就此落敗，我肯定會變得一蹶不振的！」

「放心吧師父！老子手裡有世界樹的種子！」

「妳那不就只是可可豆而已嗎！想補我一刀是吧！」

「唔，真的有這麼難吃嗎？看起來還挺好吃的呀（嚼嚼）……咕喔啊？水！快給我水！」

這孩子在搞什麼啊……

晴前輩也喝了口水，沖淡嘴裡的味道，隨即準備品嚐下一道作品。

「好啦好啦！最後就是頭目製作的動物巧克力餅乾呢！」

「請好好享用吧～！雖然畫得不太好看，但味道應該不會讓您失望的喲～」

「我開動了！唔……？這、這是！」

在咬下餅乾的瞬間，晴前輩的雙眼綻放出活動開始至今最為強烈的光芒，這場對決的勝負也隨之分曉。

情人節巧克力製作對決——冠軍，苑風愛萊！

「呵呵呵～♪」

活動結束後，除了留下來協助善後的晴前輩外，我們幾個直播主正進行著踏上歸途的準備。

而小愛萊此時依舊是喜上眉梢。

考慮到她花了那麼多功夫調理，甚至為了守護小劍的笑容做出各種犧牲，我雖然輸給她，但這樣的結果倒也不壞（而且後者還是我害的……）。

至於我和貓魔前輩的對決，則是基於無法製成商品的理由，無法替貓魔前輩的巧克力給出排名，於是我便順理成章地獲勝。雖說味道旗鼓相當的評價讓人有些介意，但我還是虛心接受吧。

順帶一提，原本復仇失敗而大受打擊的貓魔前輩也已經振作起來，恢復成一如往常的態度。

只不過……

「嗚嗚嗚……好想倒轉時間……老子如果也像鳳凰院〇真（註：《命運石之門》主角岡部倫太郎自稱「鳳凰院凶真」）那樣，是不是就能從頭再來了呢……」

理所當然地在排行榜上敬陪末座的小劍，至今依舊耿耿於懷。

「小劍，這次企畫沒什麼可以準備的時間，所以妳也沒有反省的必要喔。應該說，晴前輩肯定覺得妳表現得可圈可點呢。」

「是這樣嗎——？」

「以表現出Live-ON的氛圍來說，妳可是第一名喔！」

「妳帶來了許多歡笑，表現得完全不像新人的喲～」

「這樣啊……嗯——是這樣嗎……但表現得帥氣一些才是老子理想的形象耶……」

即使受到眾人稱讚，小劍似乎仍有著自己的底線，遲遲不肯釋懷。

雖然想讓她振作起來，但我也不曉得自己能幫上什麼忙啊。

我邊思考邊整理包包，突然發現包包裡還有一罐強〇。我隨身攜帶兩罐強〇，所以這就是剩下的那一罐。

對啦！若是悄悄地把這個放進小劍的包包，她到家後發現的話，應該會很開心吧？這就像是個小小的驚喜呢！

雖然也可能是自己往臉上貼金，但小劍似乎很喜歡我，所以再怎樣也不至於扣分吧？就算沒辦法逗她開心，不過只要能藉由喝醉忘卻今天的失誤，也算是佳話一則嘛！

……嗯，等等？

「話說回來，小劍今年幾歲了？」

「啊——？老子剛滿二十歲喔！」

「咦咦？妳已經成年了嗎？」

「對呀——」

看她像個天真無邪的小不點，還以為她沒成年呢……

另外，我雖然也閃過了「明明失憶怎麼還記得自己幾歲」的念頭，但吐這個槽未免太不識趣，所以這次就算了吧……

「是說，師父您也要仔細想想呀。要是把小孩子丟進Live-ON工作，可是名副其實的犯罪喔？」

「我認為這句話很有道理……但小匡也算數嗎？」

「……她勉強算啦。」

嗯，既然都成年了，把它送出去也沒關係吧。

我悄悄地將強〇放進小劍的包包，隨後眾人便各自踏上歸途。

回家後過了不久，小劍傳了這樣的訊息給我。

〈†短劍†〉：師父！這個是！

同時也傳來了我藏進包包的強〇照片，看來她似乎發現了。

〈心音淡雪〉：這是妳在活動裡認真表現的獎勵。因為這酒有點烈，還喝不習慣的話要慢慢飲用喔。

〈†短劍†〉：我可以收下嗎？糟啦！是神！師父真的是神！謝謝您——！

呵呵，神明是稍微過譽了些。但看來有讓她開心起來呢，太好了。

如此這般，以驚喜的形式舉辦的情人節活動，最後也以驚喜的形式畫下句點。

「呼呼、呼嘿嘿嘿～……」

在Live-ON五期生——短劍家裡，置放在廚房的冰箱此時被打開，還持續傳來奇怪的喊聲。聲音的來源是屋主短劍，發出聲音的理由則是坐鎮於冰箱中央處的一罐強〇。

「啊～↑！拿到了！師父給老子的強〇！這可是價值連城的寶物呀！」

從崇拜的強〇手中獲得強〇的情況，讓短劍忘了可可豆的失敗而歡欣不已。淡雪的計畫大致上算是成功了。

「該怎麼辦！好想留存下來，但又想喝掉！怎麼辦～」

但不容忘卻的是——

「啊～師父不僅風趣，還很會在關鍵時刻安慰人，實在太喜歡她了～！我要變成重度粉絲啦～！對啦！下次也向觀眾們分享這件事吧！」

她收到的禮物並非花束也不是飾品，而是強〇——

小咻瓦的直播主培育課程

「噗咻！大家安安——！我是小咻瓦的啦——！大家都拿好強〇了對吧！我們上！」

「噗咻！」

：¥220

：的啦的啦！

：我手裡只有圓木！

：以為強〇和圓木一樣無所不能的女人。

：以為圓木無所不能的只有那座島的居民（註：典出漫畫《彼岸島》）。

「今天要來玩遊戲啦！遊戲名稱是『想成為知名直播主！』（註：典出獨立遊戲「主播女孩重度依賴」）。我想有些觀眾已經聽說過了，但還是先簡單介紹一下遊戲內容吧！」

這款遊戲一如其名，內容以直播主為題材。

主角是懷抱著成名夢當上直播主的可愛女孩「小啾」，玩家則是她的男友兼經紀人。兩人攜手共創事業，目標是在三十天內獲得一百萬訂閱數。

簡單來說，就是直播主版本的養成遊戲。儘管以現實角度來說，這樣的目標根本是天方夜譚，但遊戲畢竟是遊戲嘛！

話說回來，這遊戲的題材還真跟得上時代耶。我既是VTuber，同時也是一名直播主，因此挑上這個感覺和我十分契合的遊戲！

「呵、呵、呵，能讓我這個現實中的超人氣直播主心音淡雪親手操刀經紀事宜，小啾的運氣真好！這下還沒開始就贏定啦！對吧！各位觀眾！」

在說明告一段落後，我向觀眾們尋求附和。只不過——

：好可以撤了。

：欸，得搞清楚能做和不能做的事啊。

：把辦不到的事情掛在嘴上，可不是善良的人該有的作為。

：我已經滿腦子不安了。

：要當經紀人就先把酒收起來啦。

：小啾快逃！

聊天室卻是甚囂塵上。

「好的好的，你們又來啦~又是一如往常的噓聲連連呢~不過這次我可是很有把握的！想必比在場發出噓聲的各位更懂直播主喔！畢竟這可是我的本業嘛！專家既已出馬，只用牛刀小試根本不足以形容，是神明下凡來嬉戲呀！你們都給我睜大眼睛看好，我會讓粉絲數量突破三兆人的！」

：好厲害！不愧是專業的Flag建築師，一開口就是不同凡響！

：我押上聖大人的靈魂賭辦不到。

：三兆……？

：老實說我覺得還行啊！

：以現在進行式炒熱聊天室氣氛的手腕確實不容否定！

：要是否定小咻瓦，就等於否定正在看台的自己。這是陷阱啊。

：到底會怎麼發展呢……

「那麼差不多該開玩了。遊戲開始！」

一如往常地和觀眾們互動後，我按下「從頭開始」的按鈕。畫面先是一黑，隨即映出設計得相當可愛的直播畫面。

而在直播畫面當中，大大冒出了女孩子的上半身，宛如要主張自己的地位般——

『啾啾好！如果讓各位的心臟跳得太快真不好意思！我是小啾！』

她便是這款遊戲的女主角小啾。

「啊～好想讓這個裝可愛的女人懷孕喔～」

：經紀人？

：小經？

：好的，這是代替問候的性騷擾發言。

：這已經不只是性騷擾的程度了吧。

：如果不是男友早就Game Over了。

：絕不能讓這女人去當經紀人啊。

「抱、抱歉抱歉，一不小心就……我想說正在直播的小啾聽不見，才會覺得不要緊……」

剛才的直播光景似乎是這款遊戲的片頭動畫。而畫面隨之切換，進入能指示小啾做出各種行動的頁面。

「原來如此。看來是選擇行動讓主角成長，並透過直播開台增加訂閱數的遊玩方式吧？老實說，剛才的說明只是從網路上抄來的，這還是我頭一次正式玩這款遊戲呢。」

我四處操作，確認自己能做些什麼。其中有個按鈕能在遊戲裡叫出手機。我試著開啟，發現小啾傳了訊息過來。

〈啾〉：小經！嘻嘻，為了加強身為直播主的職業意識，從今天起我要叫你小經！我真的很想成為超人氣直播主！今後要麻煩你管理我的行程嘍！

「呵，小啾，妳大可放一百二十萬顆心，畢竟我可是Live-ON的王牌，妳只需完成我下達的指示即可。」

：煩死了……

：什麼王牌，妳根本是鬼牌吧？

：真想把她和強○一起丟進垃圾箱，在倒垃圾的日子扔出去。

「呃，一開始該做些什麼好呢——」

我再次確認起各種下達指示的頁面。

「哦……只要按這裡就能開台……哦……哦？」

我四處挪動的滑鼠游標驀地在某處停下，映在那裡的是個被心型圖案填滿的床鋪圖示。

「哦——」

圖示下方顯示的行動名稱為「做愛做的事」。

「哦——」

由於跳出了執行行動的效果說明，我便讀了起來。

【能降低壓力和鬱悶度，提升好感度。執行後會結束這一天。】

「哦——（按下）」

【做了很多增進感情的事。】

：等等啊啊啊啊啊啊！？

：居然毫不猶豫地按下去了啊啊啊啊！！

：妳突然選了這什麼鬼啊www

：實質浪費掉了第一天……

：小經？

遊戲的第二天。

「哦——（按下）」

【做了很多增進感情的事。】

：咦咦咦咦咦咦咦！？

：連續兩天www

：妳哦個屁啊！

：喂，妳騙人的吧……？

：難道說……這股趨勢是……

那之後的我——

「哦——（按下）」

在這三十天的時間裡——

「哦——（按下）」

就這麼重複著——

「哦——（按下）」

同樣的舉動。

【結局：最終訂閱數為零。小啾雖然沒能達成百萬訂閱的夢想，但和經紀人奉子成婚了。】

「啊——真爽。」

：居然結束了啊啊啊啊啊——！？

：言　出　必　行　！　！

：真的讓人家懷孕啦！要怎麼負責啦！

：人渣of人渣。

：結果連一台直播都沒開過……

：做得這麼徹底，讓人不禁覺得這對情侶只是想搞職業扮演play而已。

：您該不會誤以為這是色情遊戲吧？

：喂！妳不是專家嗎！

：從今天開始，妳的本業就是做爽爽哦哦播種經紀人了。

：原來淡雪小姐是這種人呢，我認清您了。

：負責妳的經紀人現在在哭喔。

：為什麼還特別準備這種結局……

：在設計了色色指令的時候就該猜到了吧。

「抱歉抱歉，這真的只是在開玩笑啦。我重新再來一次……」

我明明破關了一輪，卻幾乎沒累積到什麼知識和經驗，這樣的遊戲我還是頭一次玩到呢……

不對，都要怪我自己不好……

我重振精神，從頭開始進行遊戲，並再次確認起各項行動能帶來的效果。

而大致確認過一輪後——我不禁啞口無言。

「居然沒有喝強〇的指令——小啾，妳真的有心想成為超人氣直播主嗎——？」

：小經？

：笑死。

：這位經紀人只會做出勁爆的言行呢。

：再這樣下去，反倒是小啾的心臟會跳得太快，啾到命除啊。

：真是的，這孩子太讚了吧。

：就算沒有指令，只要透過傳訊聊天，說不定就會照做喔。

「咦？聊天功能可以做到這種事？」

我按照觀眾的提示打開傳訊功能。正當我打算主動向小啾傳遞訊息之際，遊戲畫面跳出了這樣的資訊。

【可透過聊天功能與小啾溝通。但若傳送太長的文章或關鍵字過多的語句，有可能讓小啾一頭霧水，請盡可能傳送言簡意賅的文句。】

「這應該是聊天功能的說明吧？咦？也就是說，我可以隨意輸入文句傳給小啾，然後她就會好好地作出反應？各位好色的仁兄，快為我解答呀——！」

：沒錯。

：因為導入了AI，能作出各種回應喔。

：好厲害——！

：倒不如說這個聊天功能其實很重要，會基於對話產生新的直播靈感。

：這個聊天功能還滿有人性的。要是講怪話或是惹她不開心，聊天就會強制結束。況且一天能聊的次數有限，得多加留意才行。

「原來如此……我確實曾在遊戲說明中看到導入AI的敘述，但想不到彈性這麼大呀。真是高科技！」

：身為V的妳也是高科技的化身吧……

：小咻瓦和科技二字驚人地毫無契合性可言。

：畢竟這孩子的V是STRONG的V啊。

：哪裡有V來著？

：把N鍵的左邊掰掉，再用力往下按就會跳出V了吧！

：這種作法也太STRONG了。

「好咧！既然知道有這種方法，就立刻讓她喝強〇的啦——！」

我透過聊天功能輸入文句。

〈小經〉：喝強〇吧！

〈啾〉：強〇是什麼？

「糟糕，這孩子居然不曉得強〇。她一定有著悲傷的過往，是那種沒被父母帶去遊樂園玩過的孩子吧。我快哭了。」

：把遊樂園和強〇視為同等價值的女孩子讓人比較想哭。

：感覺她會把一紙箱強〇想成年票。

：快告訴她吧！

「嗚嗚！也是呢！」

〈小經〉：為想紅的妳帶來超級好消息！由Yontory發售，能在家裡輕鬆變得咻瓦咻瓦的強〇實在是太不妙啦！其實我直到不久前都還在黑心企業過著被徹底壓榨的日子，讓人對這種暗無天日的生活感到絕望呢……但在喝了這玩意兒之後開設的直播驀地爆紅，頓時為人生開了條康莊大道！我後來成了夢寐以求的超人氣直播主，不僅被同期求愛、成為前輩們關注的對象，甚至被憧憬的大人物邀去參加演唱會喔！我還被有點怪怪的後輩深深愛上，都感到有生命危險了笑。這種開後宮般的生活都要讓我變憔悴了笑。好啦，有幸聽見這些話的妳！接下來就輪到妳了！立刻寫下訂購單吧！只要去鄰近的超商就能輕鬆購入！來吧！喝下這罐強〇，邁出理想直播主人生的一大步吧！我是曾出過一年社會的SHUWATTY！（註：典出YouTuber「出社會第一年的KENTY（社会人一年目のKENTY）」，曾於2019年下半年度頻繁地在日本YouTube的廣告中現身，販售成效受到質疑的除毛劑，現已消聲匿跡）」

〈啾〉：你在說什麼啊？講得更簡單一點啦！

：大草原。　¥10000

：這煩躁得要命的文風真是懷念……是那個如閃光般現身後又消失的人呢……

：我雖然超討厭他，卻也沒到希望他徹底消失的地步。

：雖然不管怎麼看都像是詐騙廣告，但講的全都是事實，真厲害啊。

：我承認那些都是事實，但能這麼成功的只有妳而已啦！

：要是和四期生交流得過於深入，確實會有生命危險呢笑。

：繼除毛之後，看來是來到了除去清秀的除清廣告時代呀。

：這則廣告只在小啾的頻道上播放！

：瞄準的客群是不是太狹隘了點？

：如果在廣告裡聽到自己的名字可是會嚇死人的。

：也太長。

：別對AI打廣告啦。

「唔，我只不過是想闡述優點，卻起了反效果啊……雖然有些屈就，但還是給個簡單的回答吧——」

〈小經〉：是一種酒喔。

〈啾〉：酒！

【啾想到了喝酒直播的點子。】

「喔！直播的點子真的增加了！謝謝告訴我的各位熱心觀眾們！」

很好很好，這下完成第一階段了。

「嗯？」

儘管看到了通關之路的光芒，但我並未放心多久，因為小啾傳來的訊息還有下文。

〈啾〉：唔……但在這個節骨眼喝酒是不是不太好呀——？人家才剛出道而已喔？

「這是……怎麼回事？是她不感興趣的意思嗎？啊，跳出說明了。」

【一旦小啾對提及的直播靈感不感興趣，相關直播的成功率便會下降。若直播不順利，追隨者的數量

便不會上升。會對何種直播靈感感興趣取決於小啾的數值、經驗和事件等種種因素。請配合小啾當下的狀態，謹慎地挑選直播內容吧。】

「原來還存在著成功率啊……也是啦，要是不管開什麼直播都能順風順水，那反而感覺不自然呢——」

：她看起來不感興趣呢。

：冷靜想想，首次直播就喝酒也挺有膽識的。

：名字和做的事情一點也搭不起來……

：既然說是「下降」，代表依舊能讓她執行吧？

：要怎麼辦？

「唔——先試著說服看看吧。若是多講幾句，她說不定會回心轉意呢！就讓你們再次瞧瞧我布道強〇的本事吧！」

〈小經〉：因為是強〇，不會有問題喔。就像宇宙源於強〇的大霹靂、時間來自強〇的垂露、生命產自強〇之海那般——啊，世界多麼美好——

〈啾〉：？就說我聽不懂了啦！

「喂，這個AI出問題了啦！」

：出問題的是妳的腦袋喔。

：為什麼會以為這種說詞能說服她啊？

：人類積累至今的智慧居然會輸給強〇。縱使相信這種學說的只有小咻瓦一人，我依舊感到難以置信。

：當年看到伽利略提倡地動說的人們大概就是這種心情吧。

：我覺得並不是。

：因為地球是繞著太陽中心的強〇打轉啊。

：人類說不定已經沒救了。

「啊，我懂了！只要拿得出證據就行了吧！就是這麼回事吧！」

《小經》：看著我。

《啾》：你突然說些什麼呀？

「為什麼啦！只要看看我這個成功的計畫案例，應該就會心服口服到可以吃口服藥抱歉我剛才什麼都沒說忘掉忘掉給我忘掉！」

：這就是成功案例的模樣嗎？

：是指搞笑藝人冷場的成功案例？

：妳應該是成功的失敗作，不然就是失敗的成功作吧。　¥2200

：為什麼講一講自己害羞起來了笑。

：想強行帶過的氣勢笑死，早就一點說服力都沒有嘍。

《啾》：你是不是一直把我當傻瓜啊？今天不想和你聊了！

「啊！」

聊天畫面被強行關閉，再也無法開啟。看來我似乎讓小啾不開心了。

「搞砸了……嗚，為什麼她就是不懂強〇的魅力呢……事已至此，總之就逼她選擇那個點子直播吧？不對不對，在她不感興趣的情況下開播不太好吧……嗯～該怎麼辦呢……」

？？「喂，淡雪，把引擎給它催下去！」

「啊？這聲音是……惡魔淡雪？」

惡魔淡雪：「沒錯，是我是我。給我聽好了，現在更是讓她喝下去的時候。畢竟妳仔細想想，強〇是不會失敗的對吧？」

「……話是這樣說沒錯。」

惡魔淡雪：「說起來，這女人的目標是想當個爆紅的直播主對吧？既然如此，身為經紀人的妳，就該以實現這個目標作為行動宗旨吧？放心吧，她只是還沒明白而已，等到察覺強〇是達成目標的最佳手段後，這女人肯定也會變得興致勃勃的。」

「……說不定是這樣呢……既然如此……」

？？「小淡雪！也聽聽我的意見吧！」

「咦？這聲音……難道是？」

強○天使：「我認為除了強○外沒有其他選擇喔。」

「好耶──那總之就讓她喝一杯啦！」

：笑死。

：這爛到不行的鬧劇是怎麼回事？

：蠢爆了。

：一般來說，這種情境下的天使和惡魔應該要對立吧……？

：平時那善解人意的個性跑哪去了……

「不不，你們講得確實有道理啦……但你們其實也很想看強○路線對吧？」

：是這樣沒錯。

：哎，對啦。

：倘若只是一般的愛酒路線就算了。但我看開發者應該也沒想過會有這種怪人路線的存在吧。

「對吧對吧！做些不正常的行動正是玩遊戲的醍醐味之一嘛！能在遊戲裡玩出樂趣的人才是贏家呀！不過說起來，若是從想破關的角度來看，強○根本不可能輸，所以這是完美無缺的選擇啦！這就是這款遊戲的最佳解答！不好意思，小啾，這次就相信我說的話吧！」

伴隨著這番話語，我義無反顧地按下喝酒直播的指令——

『啾啾好！如果讓各位的心臟跳得太快真不好意思！我是小啾！』

作出與片頭動畫相同的問候語後，小啾先向來看首次直播的觀眾們自我介紹。雖然看台的人數少之又少，但無論面對十人還是一萬人，都要向支持自己的人們展露出屬於自己的一面，也是做這一行必備的心態。

而在自我介紹後，她便正式執行起我選擇的直播內容。

『我今天想喝酒喔！要是喝醉，大家說不定能看到小啾意外的一面喲！』

如此這般，小啾喝起了強〇……其實看不太出來啦。她拿起了看起來很像氣泡酒的罐裝酒喝了起來。

「呵呵呵，很好很好，在這一瞬間，小啾便已經受到強〇感召啦。好啦！接下來只要遵循本我即可！放手一搏吧小啾（某汽車公司廣告（註：典出日產汽車的廣告標語）的風格）！」

我以豪邁的語氣這麼說完，抱持必勝的心情眺望著直播光景。

……話雖如此——

確認起遊戲頁面的我，看著顯示在小啾身旁的聊天室訊息。

：居然會喝酒啊。

：和我想像的形象不同。

：喝得好快啊……

「奇、奇怪？難道說大家的反應不太好嗎……？」

給予肯定的留言並不多……應該說大都帶著退避三舍的氛圍耶？

「不不，這肯定只是暫時的！小強〇是專業的娛樂人士，所以會選在後半段炒熱場子！像我也是在以為關台之後，才被它炒熱起場子呢！哈哈哈哈哈！」

我表現得老神在在，滿懷期盼地等待著引爆娛樂炸彈的瞬間，持續關注著直播。

然後——直到結束為止，那樣的瞬間都沒有到來。

【由於直播並不順利，追隨者幾乎沒有增加。】

「……咦？」

畫面上顯示著告知直播成果的文字。我雖然看得懂內容，腦袋卻無法理解。迄今未曾體驗過的經驗讓人呼吸困難，身體的核心在發燙的同時卻又變得冰冷。我隱約察覺到不能讓自己維持這種狀態，然而身體動彈不得，連眼皮都不肯閉上。

「咦？這是怎樣？咦？不順利是……什麼意思？小強〇？奇怪？咦？」

正值連恐懼感都泉湧而出之際，我想起了總是伴我左右的觀眾們。

為了求助，我拚命地扭動宛如石頭般僵硬的脖子，把視線投向聊天室。

快來個人否定眼前的光景啊，來人——

：啊——……

：失敗了呢……

：小啾搞砸了。

：騙人的吧……

：想不到強〇居然輸了……

「——————」

然後——在看到可靠的觀眾們也承認了遊戲畫面結果的光景後——我終於明白究竟發生了什麼事。

「——嗚嗚。」

只不過——對我來說，這完全是無法承受之重——

「嗚哇啊啊啊啊啊啊啊啊啊啊啊！！！！」

讓我不禁嚎啕大哭了起來——

：小咻瓦？

：怎麼了？

：妳、妳妳妳妳妳冷靜一點！

：居然真的哭了？

：別哭啦……

「還不是！還不是因為——！小強〇……小強〇啊啊啊啊啊啊啊！嗚哈啊哈啊啊啊啊……嗚、嗚嗚……小強〇、小強〇……嗚嘰嘰啊啊啊啊啊啊——？？怎麼會！怎麼這樣！我不想看到小強〇輸啊啊啊啊啊咿咿——！！」

：煩死人啦啊啊啊啊啊啊！wwwww

：笑死……不對，現在照理說不是笑的時候，但這看了一定會笑吧。

：反應和看到超〇力霸王輸掉的小孩子一樣。

：拿這個擦掉眼淚吧。　￥50000

：別拿錢止住哭泣啦！

：倒不如說我不懂她為何覺得自己的做法一定有效，也不曉得我自己為什麼同樣覺得勝券在握。

：我說不定是頭一次看到哭得這麼淒厲的大人。

：雖然笑了，但看她聲嘶力竭的慘狀，連我都難受起來了……

有好一段時間，我就像是潰堤的水庫似的哇哇大哭。

即使是這種時候，時間依舊一視同仁。光陰的浪潮有時會逼迫我們下達決定，卻也會如此刻這般溫柔地撫平我的內心。

「嗚嗚，抱歉。我冷靜下來了。」

哭累的我頂著冷靜的腦袋，再次看向遊戲畫面，檢討起剛才發生的狀況。

「……啊。」

沒過多久，我終於明白自己的想法有多麼膚淺。

「遊戲還沒結束嘛。」

我推進遊戲畫面，等待我的並非遊戲結束的標語，而是和首次直播前相同——回到了準備下次直播的場景。

「這樣啊——小強○，原來是這麼回事！首次直播對你來講只是試水溫對吧！」

沒錯，冷靜想想，強○不可能會輸。

「的確！我也是在出道後過了一陣子，才上演了那場驚天動地的逆轉秀嘛！這就是所謂的『不經一番寒徹骨，焉得梅花撲鼻香』吧！哎呀——！小強○果然是專業的綜藝人士！真是內行呀！」

啊，我怎麼會笨成這個樣子呢？

「各位觀眾，真不好意思，我突然哭得那麼難看……但我已經明白小強○的想法，所以沒事了！就維持這種風格繼續玩下去的啦——！」

如此這般，察覺到小強○深藏不露的意圖後，我終於得以從絕望當中振作，再次面對眼前的遊戲。

這正是由愛催生的力量。

：是、是喔……

：這孩子真的不要緊嗎？

：如果不要緊就不會待在Live-ON了。

：既然強〇都開了金口，想必沒問題呢！

：期待接下來的發展的啦——！

好啦，我要繼續玩啦。強〇，開導小啾走上覺醒之路吧。

「不，等等。說不定——小強〇其實是擔心我會吃醋，才沒辦法集中精神協助小啾喔？呵呵，小強〇，不用擔心，我也很愛你一視同仁地對大家好的那一面喔。現在就替小啾出一份力吧？沒錯，讓我把你內心的不安一舉吹、跑、吧♥」

我拿起杯墊上的強〇，湊近嘴邊。

「啾。」

為了回應心愛鋁罐的情意——我對著開口獻上一吻。

「啾……滋嚕……滋嚕嚕嚕嚕嚕嚕嗚嗚嗚嗚！」

：喂喂聲音聲音聲音！

：太熱情了吧……

：要被刪掉了！要因為對強〇深吻而被刪除頻道了！

：難道是參加了「刪除頻道的有趣理由比一比」之類的活動嗎？

：太低級了！

〈相馬有素〉：謝謝您謝謝您謝謝您但好不甘心不甘心謝謝您但好甘心但小強〇的話可以接受啊啊啊謝謝不甘心您亢奮到腦子要腦子要啊吧吧吧吧！　￥50000

：小有素妳喔（哭）。

：看來腦袋被燒得灰飛湮滅了呢……

：是個會把清秀唸成強〇的女人。

——啊，和強〇接吻的我，看起來是多麼地天真啊。但這也沒辦法，因為這時的我，完全無法想像後來竟會發生那樣的事。

「——嗯！很好！小強〇，現在該出手了吧？……還不是時候啊。」

在那之後，無論我等了多久——

「就是現在！是完美的時機呢！已經到了中盤，要是錯過這一次，我們就沒有退路了！……

為什麼？小強○，為什麼剛才不出手啊！」

直到遊戲結束的最後一刻，一直到最後的瞬間——

「再這樣下去就要過完三十天了！小強○！求求你！求求你啊！快展露一手能顛覆世界的華麗逆轉秀啊啊啊啊啊啊——！」

那個小強○——居然文風不動——

【結局：最終追隨者兩萬人。小啾放棄成為超人氣直播主，決定將直播當成一種嗜好偶一為之。】

「啊。」

Qazws

「啊。」

Qazwsdrftgy

「啊啊啊啊啊！」

Qazwsdrftgfjkssssssssssssssssszzzzzzz

「啵嘎啊啊啊啊啊啊啊啊啊啊啊啊啊啊啊！」

：wwwwwwww

：終於精神崩潰了嗎……

：今天的情緒到底是怎麼回事啦笑。

：的啦——的啦——的啦——……

：這是奔向了絕望的彼端呢。

：沒辦法。對小咻瓦來說，這肯定是天翻地覆的體驗吧。

：強〇輸了個徹底呢……

「抱歉，我現在要拉個屎。」

：！？

：啥？

：等等等等。

：這次又怎麼了？

：停下停下啊啊啊啊！

「別阻止我！一定是因為我太清秀，才會被從混沌中誕生的小強〇給拋棄！既然已經用掉嘔吐這張牌，為了讓它回心轉意，我能選擇的唯有——在直播節目上拉屎這條路啦！」

：放心，不是只有這條路啦。

：小淡雪哪可能是屬於清秀的人種啊！

：放心吧。無論拉不拉，妳都還是原來的樣子喔。

：妳太看不起自己汙穢的一面了！

：妳的思路被大〇塞滿嘍。

「你們喔……哎，看到聊天室表現得一如往常，反倒讓我冷靜下來了。算了算了……」

：承蒙您誇獎——

：太好了……差點又要增加美其名為傳說的黑歷史了……

：一想到差點就能看到邊排泄邊要求強〇復合的超糟糕女人就覺得有點可惜呢。

¥211

：別拋棄人家呀！（噗噗噗噗噗！）

：總覺得已經髒成一團啦！

「說、說得也是。因為想要力挽狂瀾的念頭太過強烈，害我說了些怪話……我會認真反省的……」

……嗚。但無論如何，這都太不像小強〇的風格……到底是哪裡出錯了……？

預計的直播時間……還有剩，很好！

「那最後就再玩一輪遊戲吧！這次要好好制定作戰計畫，說什麼都要達成百萬訂閱的目標的啦——！」

好啦，首先一如剛才的宣示，重新制定計畫吧。老是這樣也不是辦法……

說到爆紅所需的元素……果然還是要有個性才行吧。倘若能塑造出更具特色的風格就好了……對啦，雖然是突然想到的，但能不能將她塑造成這種感覺的個性呢？

姓名：帕比魯斯三世（叫人家二世喲！）
職業：女僕咖啡廳的女僕
拿手菜：酸奶牛肉
口頭禪：女僕in帕比魯斯
夢想：讓全人類變得帕比，或是FIRE
小筆記：會在蛋包飯上用番茄醬寫下「四世」

……不對，不行啊。就算辦得到，這也紅不起來。要是那種擺明想紅的設定也就算了，做到這種地步，只會給人腦袋有問題的印象，根本就是Live-ON的新一期生了嘛。為什麼我的腦袋會閃過這種設定呢……

原來如此，我現在的思維已經和Live-ON徹底同步……剛剛之所以接連失敗，大概就是這個原因吧……

「這次該採取什麼樣的培育方針呢……」

：一定是強〇不夠的關係。用更加咻瓦咻瓦的感覺上吧。

：不，應該反其道而行，在關鍵時刻投下強〇闖關！

：強〇帶有負負得正的效果，所以照理說得挑在最低谷的時候使用吧。

：根據學會研究，強〇為對象賦予－196效果的假說有著壓倒性的說服力。換句話說，這是對象若不呈現負值，就沒辦法轉正的意思吧。

：眾所周知，0這樣的概念是因為能和強〇的負面效果徹底達成中和的數值而受到定義，並由此衍生出數學。0之所以被唸成零也是出自強〇的典故。　￥2200

：噢糟糕，這裡難道是異世界嗎？

聊天室的觀眾們似乎也燃起復仇之心，為我提供許多「強」悍的點子。只不過……

「唔———……雖然打從心底感到遺憾，但最後一輪還是別用強〇了吧……」

儘管早有預期，不過聽到我的發言，聊天室登時嘈雜了起來。當然，之所以作出這番破釜沉舟的發言，也是因為我有著充分的理由。

「我呀，可是小啾的經紀人喔。況且她還對我說過『我真的很想成為超人氣直播主！』呢，所以我說什麼都想完成她的心願。畢竟已經連續失敗了兩輪，要是繼續走強〇路線，風險實在太大，因此我這一輪打算好好和小啾溝通，以攜手並進的感覺去玩喔。」

：好啊……做得好啊……！

：妳變成熟了呢（擺出老爸臉孔在身後抱胸大哭）。

：帥到不行，我都要被迷倒了。

：世界第一的強〇型帥哥。

：我就是喜歡妳這種個性啦！

呵呵，那就調整心情，重新開始玩吧！

如此這般，我和小啾一同進行最後的挑戰，朝夢想邁出步伐。

——這一次，我將與她並肩同行。

決定直播靈感時，我一定會透過聊天功能確認小啾的健康狀況和心情，再提出最為契合的點子。

「這樣行嗎？小啾這次看起來幹勁滿滿呢……」

【直播非常成功。訂閱數大幅增加了。】

「好啊啊啊啊啊！小啾幹得好！好乖好乖好乖！」

有時則會讓她放假轉換心情，或是一同外出——

當小啾遇上壞事心情不好時，也會協助她重新振作——

我們就這麼以直播主的身分日復一日地過著充實的日子。

——在這段過程中，我逐漸察覺到「某件事」。

而這樣的念頭——在看到這幕畫面時轉為確信。

【結局：BEST END。小啾達成了百萬訂閱的目標，實現夢想。】

畫面上顯示著小啾雀躍不已地抱向我的插畫，隨後轉為製作人員名單。

：達成一百萬人啦啊啊啊！

：恭喜妳喔喔喔喔喔！

：¥888

：辛苦了！

：能破關真是太好了……

沒錯，破關了。這是無可挑剔的破關光景。

聊天室交織著喝采和破關後的餘韻。

只不過——在眾人喧囂的當下，我卻懷著被擺了一道的心情，仰頭想起「那個人」的面容。

「這樣呀，原來是這麼一回事……啊哈哈，『小強○』果然很厲害呢。」

：咦？

：啥？

：她好像又開始講怪話嘍。

：這輪明明一次也沒喝過吧……

：是從哪裡冒出來的啦ww

「各位還不明白嗎？唉，你們的道行還不夠啊……小強○啊，一直在指導我要怎麼成為一名優秀的『經紀人』喔？」

為何小強○前兩次都不肯出手協助？現在的我已然明白，這是因為這麼做沒辦法讓我成長啊。

「我在這遊戲裡的身分是一名經紀人。身為經紀人，無論是過度堅持己見，抑或是一味聽從藝人的任性，都沒辦法真正地踏上成功之路。所謂的經紀活動，必須仰賴經紀人和藝人攜手合作，才能締造出正確的成果。所以當時的小強○並沒有輸，而是刻意壓抑著力量，讓我察覺自己的過錯！」

宛如回收伏筆般，所有的線索都連結在一起——

「對不起噢，小強○，讓你看到我丟人的一面了……不過呀，我已經接收到你的心意！所以——所以聽我講一句話吧！」

來吧大家！高高舉起你們手邊的強○，一起隨我大喊！

「為我的甘拜下風乾杯！！」

：啊，請容我就此失陪。

：妳只要能和強○扯上關係就開心了吧。

：唉……（嘆超大一聲氣）

：這其實是負面教材直播，向世人宣導洗腦的可怕之處吧？

：久違地看到腦袋有問題的一面讓我好高興。

「對啦！既然透過這次直播明白了經紀人的重要之處，最後請容我打通電話向經紀人小姐聊表感激之情吧！不曉得她有沒有在看台呢——」

說著，我撥打電話給鈴木小姐，她只在響了一聲後就接了起來。

「啊，喂喂，是經紀人小姐嗎？妳有在看台對吧！那我就開門見山啦！那個呀，謝謝妳——咦？『我從來沒有對淡雪小姐萌生過想讓您懷孕的念頭』？啊，呃不那個……啊、對、對不起對不起！那是誤會！那個是那個……呃——」

我的經紀人鈴木小姐乍看之下個性冷酷，卻也有詼諧調皮的一面，是位美妙的女子。

「唔……」

時間是情人節活動結束後的隔天，地點則是短劍的家。此時，屋主正面對著坐鎮於冰箱中央處的強○，露出深思的表情。

乍看之下，這與情人節活動結束後的光景如出一轍，卻存在著決定性的差異——亦即短劍的態度。

「唔——該怎麼辦呢……」

短劍神情嚴肅，面對強○接連發出沉吟。自從昨天發現淡雪送給自己強○後，她便終日面對冰箱，望著坐鎮其中的強○露出賊兮兮的笑容，待心滿意足後便從冰箱前方離開。而過了幾分鐘後，她又再次面對冰箱……雖然對冰箱來說是不堪其擾的行為，但隨著造訪次數增加，短劍的表情變得凝重，原先笑嘻嘻的臉龐也變成如今的樣貌。

理由如下——

「要什麼時候開來喝才好呀……」

凝視的時間愈長，看在短劍眼裡，這罐氣泡酒就愈是顯得神聖，讓她不曉得該如何處置才好。

「果然還是留存下來比較好嗎？不對不對，但這樣對交代老子喝掉的師父未免太不好意思了。況且老子也想喝喝看呢……」

當然，扣掉淡雪贈送的部分，這只是一罐能在超商低價購入的氣泡酒。但對短劍來說，物品的價值並非取決於售價。這罐強〇是她所崇拜的淡雪贈與的，是淡雪的重要物品。對短劍來說，這罐飲料已然成了無可取代的重要寶物。

然而，這件寶物是以飲用作為前提送給短劍的。而且雖說鋁罐產品能夠長期保存，卻不曉得何時會變質，因此趁著新鮮時快快喝掉，或許才是對淡雪最為崇敬的禮儀。但禮物畢竟是禮物，這樣的矛盾感讓短劍的煩惱揮之不去。

「唔……對啦，不如先去和前輩們商量看看吧！」

煩惱不已的短劍決定詢問其他人的意見。

短劍原本打算找兩名同期商量，但她在這段期間裡多次向兩人炫耀手上的強〇，早已讓她們退避三舍，因此決定透過聊天功能向看似有空的前輩們討教。在五期生之中，短劍擁有格外出眾的交流能力——能大而化之地向絕大多數的前輩們搭話。

她首先挑上的人選，是感覺在同樣的狀況下會產生相同心境的四期生相馬有素。

〈†短劍†〉：欸欸，有素前輩，老子從師父那裡收到了強○，妳覺得該怎麼做才好？

〈相馬有素〉：等我一下喔，我這就確認一下資產總額是也。

〈†短劍†〉：不管妳出多少，老子都不會賣喔！

〈相馬有素〉：什麼嘛！妳這樣太狡猾了是也！至少告訴我是怎麼收到的是也！

〈†短劍†〉：老子在情人節活動表現得不盡人意，是她在老子感到沮喪之際送的！

〈相馬有素〉：喔！這就是所謂天上掉下來的強○對吧？

〈†短劍†〉：一般都是講餡餅吧……不對，因為收到的是強○，這種說法或許也通……

〈相馬有素〉：啊！莫非我只要贈送淡雪閣下製作失敗的巧克力，就一樣能夠收到了？

〈†短劍†〉：老子覺得刻意做得難吃不是一件好事喔——

〈相馬有素〉：放心吧。既然要讓心愛的人食用，味道還是可以掛保證的。

〈†短劍†〉：那妳打算怎麼搞砸？從外觀嗎？

〈相馬有素〉：我會不小心犯錯，把用來包裝巧克力的紙張換成寫有我名字的結婚證書是也！

〈†短劍†〉：認真做本命巧克力的人想法真可怕……

〈相馬有素〉：對了，既然妳都告訴我內幕，我也要回覆妳的問題是也！我認為只要妳懷抱著對於淡雪閣下的感激之情，就能依照自己的想法處理那罐收到的強○是也喔。我覺得重要

的並非使用方式，而是飲水思源的心態是也。

〈†短劍†〉：原來如此……

雖然一度偏題，有素卻仍能給出正經的回覆。她也已經是個能獨當一面的前輩了。

「唔嗯……依照老子的想法嗎……」

由於這部分仍懸而未解，短劍再次發出沉吟聲。不過聽到有素的建議，仍讓她多少打破了迷思，決定不再原地踏步。

打算再多聽聽其他前輩意見的短劍先向有素道謝，隨即和二期生的神成詩音搭話。

〈†短劍†〉：詩音前輩、詩音前輩！老子從師父那裡得到了強〇，妳覺得該怎麼使用才好呢？

〈神成詩音〉：妳想用強〇玩奶瓶遊戲對吧！明天就來媽咪家吧！

〈†短劍†〉：不，老子完全沒有那種想法……

〈神成詩音〉：可是小劍的師父有玩過喔？

〈†短劍†〉：！她、她確實玩過！老子的師父不僅含過奶瓶，還發出吧噗吧噗的聲音！

〈神成詩音〉：那就這麼說定嘍！糟——糕！我太過興奮，都要開始陣痛了呢！

〈†短劍†〉：咦……

幸運的是，由於聽到詩音瘋狂的話語，短劍得以在誤入歧途之前恢復冷靜。

〈†短劍†〉：還、還是不要玩奶瓶遊戲好了！喏，畢竟老子想走的是帥氣路線嘛！

〈神成詩音〉：咦～？我雖然說了正在陣痛，但要分娩的當然是小劍喔？

〈†短劍†〉：請您高抬貴手……

對短劍來說，想碰觸詩音的深淵似乎為時尚早。

〈神成詩音〉：真可惜……呃，妳想問的是收到的強〇要怎麼處理對吧？說起來，妳是因為什麼事由收下的？

〈†短劍†〉：師父似乎是看到老子很沮喪，為了打氣而送我的！

〈神成詩音〉：那小劍現在還會沮喪嗎？

〈†短劍†〉：嗯……還滿有精神的。在收到強〇之後就振作起來了！

〈神成詩音〉：嗯嗯。既然如此，不管是喝掉、拿來欣賞、倒進浴缸泡澡還是裝進奶瓶喝都可以喔！隨妳喜歡！

〈†短劍†〉：咦咦咦……這樣真的好嗎？

〈神成詩音〉：小淡雪是為了讓小劍打起精神，才會把那罐強〇送給妳對吧？眼下她的目的已經達成嘍。換句話說，在這之後只需依循小劍的判斷採取行動就好！而且呀，既然小淡雪送禮物是為了替妳打氣，想必不會想看到妳為此苦惱的模樣喔。

〈†短劍†〉：的確是呢……

雖說有著深藏不露的瘋狂氣息，但Live-ON的媽咪果然不是浪得虛名。她不僅尊重個人自由，同時文情並茂地引導著短劍。

向詩音道謝後，短劍再次閉上眼睛思索了起來。

和有素與詩音交談過的短劍得出的結論是——

「嗯！總之先好好欣賞，然後對周遭的大家炫耀一番，待時機成熟再開來喝吧！」

確實是很有短劍風格的結論。

「話說回來，前輩們果然很厲害呢——」

懷著一顆澄淨之心關掉手機的短劍，仰望著天花板喃喃自語：

「不僅能為後輩的煩惱提供建議，而且明明不是在直播，卻依然能隨口道出有趣的答案……不對，雖然和老子同期的小匡和老師或許還給不出建議，但一定也能提出引人發噱的回覆吧。Live-ON果真臥虎藏龍……」

好不容易撥雲見日的內心，這回又蒙上不同的陰霾。

「和她們比起來，老子差多了呢……」

實際上，短劍懷抱著連對同期都不願傾吐的心結。

「雖然總是嚷嚷著失憶，但說到底老子就只是個凡人……」

和匡的戀遮掩癖以及秋莉莉的物品配對癖相比，短劍認為自己並沒有同樣出色的個性。

就連加入Live-ON的契機也和兩名同期不同，短劍只是抱持著「很喜歡所以想加入」的念頭而已。為此，她懷著背水一戰的決心佯裝失憶，以此作為武器挑戰面試。

由於受到錄取，在出道之初，得以直接與崇拜的人們見面的喜悅讓她不至於在意這些。然而隨著逐漸熟悉了直播主這門行業，她便不得不面對「自己配不上這個憧憬已久的世界」這樣的新煩惱。

為此，她做了相當多努力。然而她之所以能通過面試，仰仗的是「失憶」這樣的謊言。一旦抽離這份設定，她便缺乏作為Live-ON直播主的自信。

短劍並不聰穎，甚至可以說是個傻裡傻氣的女孩子。實際上，她光是顧及自己想像的中二病語氣就已經拚盡全力，也多次在直播裡作出不像失憶的人會有的發言。

然而即使失誤連連，觀眾們依舊願意將其視為短劍可愛魅力的一部分，認可她的表現。短劍雖然對此為之感激，卻也礙於失憶的設定，無法加強她本人的自信心。

換句話說，短劍認為一旦自己失去這些謊言，就沒有資格在Live-ON裡擔任直播主。

「不對不對，現在不是消沉的時候！老子得多加把勁才行！畢竟我可是Live-ON的一員呀！」

然而——短劍的認知其實有不少謬誤。

首先，Live-ON的面試官並非三腳貓，光是佯裝失憶，絕對無法跨越錄取的門檻。

其次，單純因為喜歡而想加入的動機，並不會構成扣分的要素。

最後一點則是——無論再怎麼美化，都無法改變她從淡雪手中收到的禮物是強○的事實——

第二章

想去看大家的直播

「大家晚安，今晚也是飄著美麗淡雪的好日子。我是心音淡雪。」

伴隨清秀的問候語，我這清秀中的清秀開設了清秀直播。也就是說，今天的我是小淡模式。

換言之，今天是養肝日……話雖如此，我今天之所以沒開喝，其實有著更為重要的理由——

「欸——首先呢，雖然一開始就說這些話可能會顯得我很窩囊……但我今天其實還滿累的……」

那既是所謂的生物停滯——也是努力過的證明——

沒錯，今天的我疲憊得要命……

「上回參加情人節活動時，我因為做了些不熟悉的事導致疲憊感累積。而昨天明明休息了一整天，今天醒來的當下卻沒有消除疲勞的感覺，全身上下甚至湧現出強烈的倦怠感，光是想起身都乏力……」

：沒事吧？

：別勉強自己……

：妳昨天不是忙著培養小啾，還大鬧到連我們都擔心得要命嗎！

：只是因為喝過頭鬧太凶累了吧？

：妳是在撒謊吧？

：這女人渾身都是腐臭味！那味道比嘔吐物還噁心（註：出自漫畫《ＪＯＪＯ的奇妙冒險》第一部角色史比特瓦根的台詞）！

：真沒禮貌，小淡雪只是身上帶了點嘔吐物的味道而已。

：雖然是事實，但說出來反而更傷人啊。

「好啦。總之，關於今天的企畫呢！因為身心俱疲，我想看看偶像們的直播重拾活力！打算以一介觀眾的身分，和大家一起欣賞Live-ON成員的直播！記得以前做過同樣的企畫呢，這次的主旨也和當時差不多喔。」

我無視吐槽個沒完的聊天室，強硬地說明企畫後便高舉雙手，作出伸展的姿勢。

「嗯～……呼。雖然被你們說了些有的沒的，但我真的很累……畢竟這幾天都被一些出乎預期的狀況耍得團團轉嘛……而我剛才雖然也閃過休息的念頭，但就算放自己一天假，我也只會躺在床上看直播，不如就來開台直播。要是明天還是一樣累，我說不定就會休息一天了，還請各位見諒……」

：ＯＫ！

：今天就放輕鬆吧——

：畢竟很努力了……雖然內容挺那個的。

：無論做什麼傻事都是全力以赴，也難怪會這麼累了。

：說穿了不就是毫無辯解餘地的搞笑藝人嗎……？

我做直播主這行好一陣子了，為了做得長長久久，也掌握了不少竅門。而其中之一，就是感覺疲憊之際要坦白說出口。

從小光弄壞喉嚨的事件也可以看出——這是個人氣掛帥的業界，因此直播主們總會要求自己表現得盡善盡美，讓觀眾看到光鮮亮麗的一面。

但如果從觀眾們的角度來看，其實會發現雙方在意的部分有許多不同之處。至少就我來說，會希望自己崇拜的直播主過得幸福，不想看到她逞強直播的模樣。不如說即使對方變得虛弱不堪，卻願意向我展露這身姿態，反倒會讓我有種受到信任的感覺並開心不已。應該說——我就是想看到偶像罕見的一面啊！

如果有難言之隱就算了，但只是偶爾傾吐自己的疲憊有什麼錯！健康的直播活動，建立在直播主和觀眾之間的信任上。要是到了藥石罔效的地步才坦承相告，只會讓雙方都後悔不已。

「這次作法和上次相同。我已經傳過訊息，向直播主們取得旁觀的許可，但還沒決定要去看誰的直播就是了。要當傳信鴿（註：指在直播主的聊天室擅自提及其他直播頻道的資訊。有些直播主會對這樣的行為表示抗拒）通知她們倒無所謂，但是否要接收相關資訊則視當事人而定。總之讓我們循規蹈矩地享受觀賞直播的樂趣吧！」

：好——

：守規矩很重要呢。

：感覺根本是要以和我們一樣的立場去看台，讓我笑出來了www

：不愧是隸屬於Live-ON的官方粉絲。

：存在感未免太過強烈。

呵、呵、呵，之所以把開場白講得這麼面面俱到，完全是為了讓我以一介粉絲的身分去看其他成員的直播！我今天打算貫徹旁觀者立場，所以不打算主動散播Live-ON，而是汲取其他人的Live-ON補充活力！

由於我幾乎每天都會開台，不太能即時收看某些直播主的開台內容。但今天的我不受此限！

整個人都亢奮起來啦！

「那就開始收看吧！第一個要選誰呢？現在正在開台的有……啊，是小有素呢。她似乎是單人直播……那孩子在沒和我扯上關係的時候，都在做些什麼呢？」

雖然明白她的本性是個乖女孩，但我同樣知道她每天都做著和我密切相關的荒唐研究，所以不禁稍稍警戒了起來……

「直播標題是……『請小心背後是也』。咦，好可怕……這是什麼意思？難道是在玩恐怖遊戲？還是潛行類遊戲？啊，直播好像才剛開始。」

嗯，有可能是我自己想多了。如果她要玩遊戲，就有可能因為沉迷內容，進而降低對我的關注。純粹地享受著遊戲樂趣的小有素……嗯，真想看看她的這一面啊。

——試著挑戰看看吧。

「好，我決定了！就先從小有素開始看吧！就算她已經在做奇怪的事，身兼Live-ON直播主和觀眾身分的我現在說不定也能好好享受！那麼，打擾了——！」

我就此點開小有素的直播。

『淡雪閣下歡迎光臨。』

「妳喔從頭到尾都看在眼裡對吧？」

我聽到企畫崩潰的聲響……

：！？

：怎麼會知道？

：原來如此，她做了和小淡一樣的事啊笑。

：我其實被嚇得不輕……

：原來直播標題是這個意思喔www

：可以稱為埋伏直播了吧？

：進入了偷看彼此直播的古怪情境了呢。

：是谷崎潤一郎《鑰匙》的現代譯本嗎？

：是誤譯版啦。

：為什麼理應是清秀化身的淡雪閣下的直播傳來了和強〇化身小咻瓦十分相像的粗魯嗓音呢？鮑伯在訝異的同時喝下了強〇。

「小有素，妳這是在做什麼……？」

『我在追星是也。』

「妳沒回答問題吧？我在問的是，妳為什麼要開台看我的直播？」

『您嚇到了嗎？』

「當然了。現在的我就像是在現實中玩到了心跳文〇社（註：指電玩遊戲「心跳文學社」。乍看之下是與文學社的四名女孩增進感情的電子小說，但遊戲劇情後期會走向怪誕和恐怖）一樣。」

『要開始玩雞跳手工社了是也嗎？呼、呼、呼、呼！』

「妳為什麼以為我要開始玩了呀？」

不對不對，我不該用平常的風格吐槽她開的黃腔，應該有更該講清楚的事才對。

「小有素，我們現在正透過YoTube的直播進行通話喔。我想就連YoTube都會為之吃驚，困惑於如此脫褲子放屁的手段吧。會樂在其中的大概只有剛開始交往的情侶而已喔。」

『您、您這是在告白是也嗎？我以交出生殺大權作為前提恭敬地接受是也。』

「我以禁止接觸令作為前提再三拒絕。」

『為什麼要拒絕是也？請別看我這樣，賺得還是挺多的喔？保證能讓您當小白臉一輩子是也。』

「妳怎麼可以對著那些打賞的人們講這種話？我們雖然是在通話，但只要點擊一下就能竊聽個徹底，在保全方面全是漏洞呀。以現在的同時觀看人數來說，大概就和在澀谷站前面大聲嚷嚷是一樣的道理喔。」

『真是浪漫是也！感覺像是以前的愛情時髦劇呢！輪到小田〇正先生上場了是也！』

「都說要養小白臉了，哪裡還有浪漫可言？小田先生大概也講不出話，只能引吭高歌了。」

『請放心是也。我的觀眾們都受過專業訓練，願意支援我將金錢上供給淡雪閣下的活動方式是也。』

「對於被上供的我來說很不是滋味呀！我可要先和妳說清楚，小有素丟給我的超留總額都記在我的腦海裡，總有一天會還妳的喔！」

『那會讓我很困擾是也……身為一介粉絲，被退款可是奇恥大辱……對啦！屆時還請您將穿在身上的內褲給我作為替代吧！』

「咦……我才不要……是說那條內褲的價值也太高昂了吧？就算是名牌大廠的內褲，定價也沒有那麼昂貴啦……」

『是愛〇仕出品的淡雪閣下內褲是也喔。』

「並沒有發售這樣的產品。」

：別拿草來打躲避球啦。

：這已經是一種音樂了吧。

：我的靈魂都要激盪起來了。

：這哪是通話？已經算是連動企畫了吧笑死。

：我看到有人說小有素的頻道成了小淡雪的副頻道，笑死我了。

：原來小淡雪是脫衣變現的小白臉。

『淡雪閣下，請容我換個話題。正如我在直播標題的警告，您實在太缺乏防備心了。如果在您身後的不是我，現在的淡雪閣下早就已經懷孕了是也。』

「光是會有這種奇葩思維的人出現在我身後就已經讓人毛骨悚然了呢。」

『淡雪閣下，您應該對自身價值更有自知之明才對。好比今天您既然說了自己相當疲憊，就會讓人以按摩或是整骨為藉口登門造訪喔。』

「前半段姑且不論，但妳後半段確實說得很有道理……原來小有素偶爾也是會講出佳句的呀。」

『您這裡囤積了太多強○，讓我來為您疏通體內的強○吧～』

「我要回家了。」

『淡雪閣下，您這時要說：「這個……真的是按摩嗎？」才行啦。』

「妳真的很喜歡按摩題材耶……這不管怎麼想都很不對勁吧。如果是淋巴也就算了，強○是能囤積在哪裡？」

『會囤積在胃和肝臟是也。』

「是這樣沒錯。」

『我會從內部幫您疏通一番的喔～』

「好可怕！原來是驚悚按摩色情影片嗎？」

『並沒有這種類別是也。』

「妳從剛才就不時會穿插一些正經話，到底是怎麼回事？哎喲，這下我就連來看台的動機都搞不清楚了……」

我為什麼要和她唱雙簧？不，我今天的直播主題是去看其他成員的直播對吧？為什麼變成了得陪她抬槓的立場……？

『對不起，淡雪閣下，我沒想到自己有幸成為第一順位，整個人因此亢奮了起來，還打擾了您的直播。請您去看下一位成員的直播吧。』

「咦？妳這樣就甘願了嗎？我還以為要順勢和小有素進行合作直播了呢。」

『不干涉偶像的活動，乃是天經地義的道理是也。況且對我來說，這樣的互動其實也違反了一開始的開台宗旨。』

「咦？是這樣嗎？妳不是開好台準備埋伏我嗎？」

『是這樣沒錯是也。應該說，我原本的計畫是默默地眺望淡雪閣下觀看其他人直播的光景呢。』

「為、為什麼要這麼做？」

『前幾天看到淡雪閣下和強〇深吻的光景時……該怎麼說呢……我體驗到了別有洞天的感覺……根據原訂計畫，我想望著淡雪閣下看著其他成員的直播津津樂道的模樣，並將自己懊悔不已的反應呈現給各位觀眾是也。』

「妳居然對戴綠帽題材有興趣？快住手！現在的小有素已經是個性濃烈的形象了，再增加下去的話會供過於求的！」

『我是不對自己說謊的個性，因此可能有些困難是也。呃——總之就是這麼回事，請淡雪閣下別放在心上，儘管去看其他成員的直播吧。況且就我個人來說，也不希望增添淡雪閣下的疲憊。』

「是、是這樣呀……我明白了。那等身體狀況恢復後，我們再來合作吧。」

『好的是也！我會誠摯等待您康復的是也！』

如此這般，我旁觀……不如說參加小有素的直播行程就此結束了。

「雖然企畫險些崩盤，但似乎還有挽回的機會。話說回來，小有素居然對戴綠帽題材有興趣……我因為還沒踏入那層領域，難以掩飾內心的驚愕……」

：這到底是好事還是壞事呢……

：畢竟深吻的時候，她在聊天室裡大鬧了一番呢。

：這下她經常糾纏真白白的行為豈不又多了另一種解釋……

：她今後究竟會變成什麼樣子呢……

：還只是含苞待放的階段所以安全。

「也是呢，要是在現階段想太多，只會徒增疲勞而已。這回就從其他成員身上汲取活力吧！」

接下來要看誰的直播呢？……我也不曉得剛才那場算不算數就是了。

老實說，這次的企畫根本還沒起步，我現在完全是用假標題騙人的狀態嘛。

這次說什麼都要以旁觀者的角度享受Live-ON。我不打算貿然挑戰，挑個安全的選項吧。

「……啊，小恰咪正在開台呢！而且以直播標題來看，她似乎正在和小光線下連動，還要幫她按摩呢！」

這也太讚了吧？不僅能聽著按摩的聲響放鬆，還能攝取兩人的貼貼……對身心俱疲的我來說，這樣的直播豈非不二選擇？小有素剛才也提及了按摩方面的話題，這場直播來得正是時候！

「話說回來，聽說小恰咪也開始研究起除了耳朵之外的按摩聲響呢。這是在做相關的練習嗎？」

無論是敲打肩膀，或是按著穴道揉開僵硬處的動作，都能產生悅耳的聲響嘛。

幫小光按摩……腦海裡雖然閃過了有些難受（？）的記憶，但小恰咪應該不會出什麼差錯吧。這次我只是個觀眾，她應該也不會像我那樣調教小光才對。

「除了這個之外，已經沒有其他選項了吧！趁著她們的直播還沒結束，我們速速來觀看吧（點擊）！」

隨著直播被點開，我不禁感慨聲音的力量有多麼偉大。

『我恨態度馬虎的舔耳朵！我恨態度馬虎的舔耳朵！我恨態度馬虎的舔耳朵！我恨態度馬虎的舔耳朵！我恨態度馬虎的舔耳朵！我恨態度馬虎的舔耳朵！我恨態度馬虎的舔耳朵！我恨態度馬虎的舔耳朵！』

『啊啊啊啊——！小恰咪，力道再加強一點，更用力地踩我吧！把那些不講理的怒火全部宣洩在光的身上吧啊啊啊啊！』

「哦——哦——今天的Live-ON也是一幅地獄般的景象啊。」

嗯，聲音的力量真的很厲害（無言）。

：這什麼鬼……

：我也在點開的瞬間以為自己開錯直播了。

：按摩一旦配上小光，果然就會變成這樣嗎……

：什麼狀況？

：妳們兩個在ASMR麥克風前面做了什麼傷風敗俗的事啊！

『最近的聲音作品市場出了什麼問題？不管是什麼題材，大家都像是當成義務似的舔耳朵舔耳朵舔耳朵！這麼想聽水聲就把腦袋沉進水裡啦！』

『啊唏！』

『欸，為什麼？為什麼會變成這樣呀？小光，快告訴我呀？』

『是、是為什麼呢？』

『還不是因為變成流行了——！』

『啊啊啊啊——！咿嘰！對不起咿咿咿咿咿！』

『我有話要說！有話想對舔耳朵題材氾濫成災的聲音作品市場說！舔耳朵應該成為獨樹一格的題材，而非任何題材都能隨意添加的元素！我承認舔耳朵的震撼力強大，但搭配情境也很重要！這下子就和不管什麼都加滿大蒜的料理一樣了！這個市場主打的應該是聲音作品，不是舔耳朵作品吧！』

『呼、呼、呼，氣得歇斯底里的小恰咪……好讚！』

我剛才還以為小恰咪不會出事，但仔細想想，她最近根本一直在出事啊。看起來現在的狀況涉及的範圍太大，已經不是什麼旁觀者或感覺不會調教別人之類的理由可以解釋的了。

這下該怎麼辦才好……總之先收集資訊吧。

「那個……請問在場有觀眾知道發生了什麼事嗎……？」

：是妳啊。

：是妳害的啦。

：如果不是妳早就出大事了。

「嗄？是我的關係？怎麼回事？」

隨後，我透過觀眾們的留言收集資訊，釐清來龍去脈。

1．小恰咪邀小光做按摩直播。

2．因為之前那起事件的影響，對小光來說按摩已經完全等於「會痛的事」。但小恰咪這個草包自然是一無所覺。

3．「她會不會踩我呢～」小光雖然滿懷期待，實際開播時卻只是普通的按摩，令她絕望不已。

4．為了讓小光振作起來，小恰咪下定決心踩她，但終究還是放不開。

5．為了改善情況，小光提議讓她對自己宣洩怒火。而小恰咪想到舔耳朵的話題，為此勃然大怒。

接著便發展成現況的樣子。

「該怎麼說才好……沒想到我的影響力居然超載到無法控制……原來安○大人（註：指小說《OVERLORD》的主角安茲．烏爾．恭）就是懷著這樣的心情嗎……」

我不禁抱頭叫苦。

雖然總是辯解著小恰咪的覺醒和自己無關，但我最近也逐漸覺得站不住腳了……

話說回來，身為醉心於性癖好之人，我內心的一部分其實也贊同著小恰咪對於舔耳朵作品的意見，對於忍不住想聽下去的自己感到可悲……

但這不能怪我！況且小恰咪也總是給人熱愛舔耳朵的印象嘛！順帶一提，我超愛舔耳朵的！

不過，有些意外又不太意外的是，我在疑念的煽動下繼續聆聽直播後，得知小恰咪厭惡的理由——

『有些案例是和情境格格不入，也有些案例是讓怎麼看都不會舔別人耳朵的角色突然拋棄設定，像是被逼著伸出舌頭舔人似的，這都讓我感到無法忍受！一旦萌生突兀感，就會看穿作品背後的意圖，氣氛登時全都沒了！說起來，聲音作品的賣點，不就是僅憑聽覺便能身歷其境的沉浸式體驗嗎！搞到會讓人回到現實的話，豈不是在開倒車？聲音作品是很纖細的！對吧？小光也是這麼想的吧？』

『呼、呼，小、小恰咪討厭舔耳朵嗎？』

『嗄？哪可能討厭呀？我可是在舔耳朵大行其道前，就已經聽遍了古今中外的舔耳朵作品，說是一名舔耳鑑賞家也不為過喔？我並非基於個人喜好大發牢騷，而是以一名評論家的身分發表意見的。』

『小恰咪呀。』

『怎麼了？』

『妳的反應會這麼激烈，多少也是因為聽得太多感到生膩吧？喏，有些事物就算一開始深深著迷，但逐漸習慣後，就會著眼於不好的部分對吧？』

『…………………』

『……………』

『……嗚！可惡！可惡！可惡！』

『啊唏！啊！啊啊啊！為什麼？為什麼妳聽完的反應是踩我啊啊再多踩一點！』

『我只想聽好話啦！就算妳講得再有道理，我也不會認輸！我可是坐擁著願意對我說好話的眾多觀眾！以及心愛的前輩後輩同學姊妹精靈魅魔店員女老闆魔王史萊姆女僕辣妹修女巫女小學生和芸芸眾生呀！』

『啊啊嗯！在這種狀況下還能表現得這麼沒用的小恰咪也好可愛喔喔喔喔喔喔喔！被沒用的人踐踏好爽喔喔喔喔喔喔喔喔——！』

『不要說人家沒用啦啊啊啊（哭）！』

「喔——喔——小恰咪麻煩的一面開始失控了呢。」

：啊～我崇拜的偶像今天也一樣噁心，真教人欲罷不能～

：別說人家麻煩啦，妳們不是同期嗎www

：小恰咪朋友好多！好厲害！

：難道說小恰咪之所以如此草包，是平時就被觀眾們和聲音作品寵壞了嗎？

：想聽小學生對自己講好話是怎麼回事……？

真是的，愈是理解小恰咪的本性，就愈能明白她有多不中用呢……

「我真不懂。明明都出過這麼多糗了，為什麼小恰咪還會被大家寵成這樣呢……難道你各位就這麼喜歡臉蛋漂亮卻草包到不行的反差系大姊姊嗎！真是的，動機太不純嘍！」

：不愧是展露本性之後連全身圖都全新繪製的女人，真有說服力。

：我真不懂。明明都出過這麼多糗了，為什麼小淡還堅持自己很清秀呢！

：欸，小淡，妳就別裝清秀了。　¥220

：妳才是純度百分之百的不純物吧。

：小恰咪也有可能只是不擅長鬥嘴，又只會在批評舔耳朵時格外毒舌呀！

：哎，也不是不懂妳的意思啦。

：只要夠色我其實並不介意（小聲）。

『小光，我已經生氣了。事已至此，妳如果不舔我的耳朵，我就不原諒妳了。』

『嗄？』

這孩子又突然拋出了勁爆發言呢……

『而且我不只會原諒妳。妳只要舔我的話，我就會再多踩妳一點喔？』

『咦？可是小恰咪剛剛不是說過自己很恨舔耳朵──』

『真是的，妳要好好聽人家說話啦。重點在於情境的融入感。』

『嗯──？然而以現在的狀況來說，不就是光被剛才還在踩人的女孩子強迫舔耳朵嗎？這樣的情境真的合理嗎？況且光也不是那種會舔人耳朵的形象喔？』

『小光，如果眼前有個天菜願意舔妳的耳朵，無論是情境抑或角色設定都可以丟一邊去喔。

一想到自己現在有機會初次體驗到實際舔耳，就讓我整個人興奮到不行呢。』

「對於崇拜小恰咪的觀眾來說，再怎樣都該吐槽了吧……？」

：這已經不是一句雙標就能解釋的狀況啦w

：評論家怎麼可以輸給自己的性慾……

：性慾是離智慧最遠的感情喔。

：她單人直播之際就是個埋頭鑽研聲音的專家，表現也確實讓人尊敬……

：果然只要夠色就無所謂啦！（大聲）

『喏，小光，快點快點！』

『……唔……』

『妳為什麼這麼猶豫呀？只要舔耳朵，我就會加重欺負妳的力道喔？』

『這樣的提議是很有魅力啦……只不過我……不要！』

『……我、我沒聽清楚呢。妳再說一次好嗎？』

『不——要！不管妳怎麼說，光絕對不會舔妳的耳朵——！』

『——這樣啊。小光，張開大腿。』

『欸？妳、妳的腳為什麼……難、難道這就是所謂的電氣按摩？』

『我要懲罰小光這個囂張的臭小鬼。』

『怎、怎麼這樣……嘻嘻嘻，如我所料耶……』

她們到底想在直播裡搞什麼東西啦……還有小光，妳最後是不是偷偷說出了心聲？

『……嗯？哎呀，小淡雪好像來看我們的直播了呢。』

『咦？』

『啊哈，來得正好！小淡雪！我現在就要讓這個陽角臣服於我，睜大眼睛看好嘍？看招！看招看招看招！』

『啊！♥嗄啊啊♥！』

『啊哈哈哈哈哈！小淡雪，妳有在看嗎？平常總是把我們這些陰角當墊腳石的陽角！如今！反而被我踩在腳底下喔！喏，小光！再多叫幾聲！把妳窩囊的模樣展露給主人看看！』

『啊嘰！♥咿嘰咿咿！♥別、別看我！不要看光如此窩囊的模樣！不要看！不要看啊啊啊！喔咿咿咿咿！♥啊嘎啊啊啊啊！♥主人！請用更冰冷的眼光看光啊啊啊啊啊啊啊啊！』

點擊。

我關掉了這場直播。

和平時收播的時間相比，現在略嫌早了些。稍加搜尋後，我便看到除了先前打擾的成員們外，聖大人也正在直播。

我點開直播——

『差不多該出來了吧……小雞……！？來啦啊啊啊啊啊——！小雞雞！小雞雞出來啦！湊到小雞雞啦啊啊啊——！終於玩骰子擲出小雞雞啦——（註：出自骰子遊戲「NKODICE」。遊戲裡的骰子各面不是數字而是日文假名，當用假名湊出有特殊意義的詞彙時，就會出現特效並獲得加分。其中分數最高的詞彙即為「小雞雞（おちんちん）」）！』

點擊。

我關掉了這場直播。

「呼……」

嘆了一口氣後，我展露微笑，這麼說道：

「睡覺吧！」

：請www

：疲憊的時候果然還是睡覺最有效笑。

：為什麼啦！小光明明很色吧！

：一想到讓她露出那種放蕩模樣的元凶正是自己，應該就高興不起來了吧……

：想到小有素也開開心心地看著這場直播根本笑死。

：這是實質上的連結玩法啊。

：小淡雪的洞不夠啦……

：聖大人還是自制一點吧。

我也沒想到看個同箱的直播，居然能讓我看得這麼無地自容……

順帶一提，也許是因為早早收播好好睡覺，隔天的我徹底擺脫了疲勞。

對啦，就把那些人間煉獄般的景象當成是在繞圈子建議我早點休息吧！嗯就這麼辦吧！啊哈哈哈哈哈！謝謝妳們大家！啊哈哈哈哈哈哈哈！

文字狼人直播

在經過企畫崩盤的直播後又過了兩天。今天的我已經恢復健康，於是打鐵趁熱地參加了合作直播！

其實早在很久之前，我就很期待今天的合作了。說是為了這天而撥出時間調養身體也不為過呢！

這次的企畫內容是——

「文字狼人直播，就此開幕——！」

當我說出直播的開場白後，參加者們便熱烈地報以掌聲。

「如此這般，大家乾——杯！」

「什麼，乾杯？宮內我還不能喝酒呀？該、該怎麼辦……」

「機會難得，老師我也喝上一杯吧。」

「小咻瓦，別打完招呼就脫稿演出啦。小匡也不必當真。要是連老師都喝醉，兩個酒鬼可能就會搞砸這次的文字狼人，所以還是饒了咱吧。」

「這次由我——小咻瓦、真白白，以及五期生小匡和秋莉莉老師為各位帶來今天的表演的啦！」

：啪啪啪啪！

：來啦——！

：乾杯——！

：是首次見到的組合呢。

：在舉辦狼人殺之前先湊齊人類好嗎（一個是強〇，一個是外星人）？

：Live-ON這個箱其實會在暗地裡舉辦吊死人類（常識派）的反向狼人殺——察覺到這點的只有我。

：→如果真是如此那還算好的……

「一如直播標題所示！這次將由我們四人來玩文字狼人的啦！馬上來說明規則吧！」

基本規則和坊間的文字狼人殺同小異。

1．參加者會收到共同的題目（例如「網球」），並得到市民的身分。

2．不過其中一人會收到只有一部分內容符合題意的題目（例如「桌球」），並得到狼人的身分。

3．包含狼人在內，參加者只看得到自己的題目。

4．參加者要在限制時間內（這次是兩分鐘）討論和自己的題目有關的話題。

5．在限制時間結束後，便會投票決定要吊死的對象。市民若能吊死狼人，便是市民的勝利；若吊死市民，則由狼人獲勝。

6．最後，就算狼人輸了，只要能夠猜出市民的題目，便可以逆轉獲勝。

「然後就是一直重複以上的流程呢。這個名為文字狼人的遊戲有趣之處，應該就是連狼人一開始都以為自己是市民的設計吧。也就是說，這次能享受到和之前舉辦過的密室狼人不同的爾虞我詐之樂！而我還要增設原創規則！」

除了上述的規則外，這回更要增設下列的原創規則進行遊戲。

7．每一局遊戲都會設定主持人。主持人負責分發所有人的題目，並隨著每一局遊戲換人擔任。

「由於這次直播有四人，其中三人為參加者，一人則是主持人，並輪流讓其他人擔任主持人。理所當然地，在遊戲進行過程中禁止偷看聊天室！規則說明完畢！」

：瞭解。

：這世上哪有妳們這種市民啊！

：市民（正在革命）。

：記得在自己的準備區加上※的符號啊。

：換成⚠比較好吧。

：賦予Live-ON自由是會出大事的。

「好咧。在遊戲開始之前，先聽聽大家的抱負吧——我只是單純想拿來當成下酒菜好好享受的啦——！」

「咱很擅長玩狼人殺喔，這次也不會輸的。」

「宮內近期的活動重心，乃是從各種視角試探Live-ON的善惡，這次參與遊戲亦是活動的一環，還請各位做好覺悟。」

「人類的遊戲聽了就煩。老師我可以回家了嗎？」

「這樣好嗎？『宮內同學，妳打算怎麼出題？』『不不，宮內也是參加者，不能問我這個吧？』——我們之前都有過這樣的互動了，妳也為出題傷透腦筋了吧？」

「『哦——（賊笑）』」

「嗚……我沒說過那種話！」

「她似乎想當作沒說過的樣子。」

「「好——（賊笑）」」

「啊——煩死人了！人類就是這樣討人厭！啊————！」

：甲蟲〇者姊姊真可愛。

：原來她現在的別名是這種宛如出自純真孩童之口的稱呼啊……

：和形象千差萬別笑死。

看來大家都充滿幹勁呢！那麼——文字狼人就此開始啦——！

眾所期盼的文字狼人，由小匡擔任第一棒主持人。

主持人首先透過聊天功能向參加者們發布題目。

「鋼琴」

我收到的題目是這個。

「準備好了吧？那麼，現在開始兩分鐘的對話時間！」

小匡告知遊戲開始。雖說主持人接下來就是在一旁觀看，卻不代表她會無所事事。將麥克風靜音後，小匡便能以知曉謎底的立場，和觀眾們一同欣賞我們滑稽（也可能是敏銳）的互動。我同樣很期待自己擔任主持人的那局到來呢。

好啦，開始聊天吧……鋼琴是吧？我得確認這樣的題目究竟是只有我一個人收到的少數派（代表我是狼人），或是與同伴相同的多數派呢。

一開始先別急著切入核心，從試探開始吧——

「大家都覺得這很不錯吧？」

「是呀。」

「老師也同意喔。」

唔嗯，從出言贊同的速度來看，兩人都不像是在說謊。換句話說，能確定這是可以產生正面印象的題目。

「是不是會讓人覺得很厲害？」

「啊——我懂——」

「嗯，確實如此呢。」

這回輪到真白白發問。她順著我的問題往下挖掘，看來大家拿到的題目都不突兀。

「順帶一提，有人曾經練過嗎？」

真白白似乎覺得這是個深入也無妨的話題，開始主動掌握話題的主導權。

話說回來，有沒有練過嗎……她的問法不是「有沒有彈過」，又有種願者上鉤的感覺呢。

「我沒有呢……要說有沒有摸過的話，以前確實是有啦。老師呢？」

因為還有時間，我先轉換目標躲避砲火。

「老師我有著類似的東西喔。」

「咦，真的嗎？聽到好消息了呢。」

「哦——！」

聽到老師的發言，我和真白白登時有了反應，聯袂露出像是看到獵物的猛獸目光。

「怎、怎麼了？擁有那東西又怎麼了？」

「沒啦沒啦，咱覺得那很棒喔。順帶一提～可以聽聽妳使用的目的為何嗎～？」

「呃——……我玩得一點也不好喔？幾乎可以說是毫無天分。只不過，那會讓我感到相當充實。」

「感到充實啊～」

「哦——哦——！」

換句話說——因為老師不曾給人會彈鋼琴的印象，只要朝著這點猛攻即可。她雖然曾強調是「類似的物品」，但在我的記憶裡，老師自己從未提及和樂器有關的話題呢。

但還不能就此斷定，畢竟會感到充實的說法也有其道理。這時就該透過巧妙的問題展開猛攻，將獵物逼到無路可逃的死路之中！

「再多說一點啦。妳剛才說會感到充實，能講得更加詳細……對啦，咱想聽聽妳是因為喜歡那個的哪些部分，才會感受到心靈充實呢？」

「喔呵——（、ε´）」

「……別老是問我，老師也想問妳們兩個問題喔。淡雪同學和真白同學的狀況又是如何？」

「說起來，我根本沒有那玩意兒呢——但能弄到手的話，確實是挺想要的呢——」

「咱也有類似的東西喔。老師呢？」

「喔呵呵呵呵——（＊、ε｀＊）」

「嗚……」

老師終於露出焦躁的反應。畢竟經過這一輪的交流後，我幾乎能肯定自己和真白白被分到了相同的題目。而只有老師支吾其詞的現狀，也顯得疑點重重。

「老師我～……喜歡那玩意兒的多樣性吧。包含美麗和醜陋在內，無數的愛之形式都能從中而生呢。」

「哦——是這樣啊～？哦～哦～？」

「嗯呵喔喔喔喔喔喔要去了喔喔——∵∴（∵σ䜌σ∵）∴∵——！」

「淡、淡雪同學妳怎麼了？」

「啊——剛才升天了呢。」

「升天了？為什麼？」

「升天的是老師妳喔。」

「才沒有呢！雖然我確實覺得這題目很色情啦！」

「居然是很色的題目喔？哦——」

「啊，我不是那個意思！」

「呵，小咻瓦，真是精湛的演技。」

「呼、呼，真白白的提問攻勢實在是太放蕩了。呼、呼。」

「──？」─」

「兩分鐘時間到！對話就此結束！」

小匡的嗓音響徹了安靜下來的現場。看來限制的時間已到。

「接下來就是投票了。請向宮內傳訊，寫下各位覺得可疑的人物。」

「咱是不是該投小咻瓦呢～」

「為什麼啦？」

「因為妳的內心是隻大野狼呀。」

「放心吧！我雖然發掘了狼人殺的樂趣，也為此興奮不已，但勉強還按捺得住！」

「光是亢奮到幾乎按捺不住的當下就夠咱受的了。算了，看在同期的份上，咱已經認真投完票啦。」

「我也投完票的啦——！」

「老師已經不想玩這個遊戲了。」

老師似乎已預測到這一局的結果，雖然看似忿忿地抱怨了幾句，但仍完成投票。

「投票結束！接下來是開票時間！結果是——」

小匡先是吊足了所有人的胃口，這才公布結果。

「老師兩票！小咻瓦前輩一票！」

「我就知道！」

聽到老師的吐槽，我和真白白不禁笑了出來。

但這樣的結果依舊在意料之中。我的那票應該是老師投的吧？接下來只要揭曉謎底，就能結束這局遊戲。

由於剛才的遊戲走向挺按部就班的，作為第一局來說應該算是不錯吧？這潔淨的出題方式確實很符合小匡的風格。

「那麼，收到最多票的老師，請說出妳的題目！」

「唉……是鋼琴啦。」

「咦？」

「哎呀？淡雪同學，妳怎麼了？」

……嗯嗯？奇怪？

「嗯！如此這般，這一局是由狼人真白前輩贏得勝利！」

「咦？狼人？咱？」

「唔……呼呼呼……」

「「「咦？」」」

小匡舉止高雅地忍耐著自己的笑意，我們三人則接連回以困惑之聲。

而在困惑逐漸褪去後，隨後造訪的是長達數秒的沉默。

…………

「等、等一下啊啊啊啊啊啊啊啊啊——！」

最後，這陣沉默被我的吶喊聲轟成了碎屑——

「嗄？老師也是『鋼琴』？那不是和我一樣嗎！」

「原來咱是狼人啊……順帶一提，咱的題目是『吉他』喔。」

「哎呀呀，結果還是輸了呢……因為妳們的口徑過於一致，連老師都覺得自己是少數派了呢。真是的，淡雪同學，妳怎麼能被狼人欺騙呢？」

「開什麼玩笑啊啊啊啊啊——！」

我使盡渾身解數反抗著老師的嘲諷。

而我隨即開始追究責任，想問的問題多如山高！

「首先，老師妳家有鋼琴嗎？」

「我家確實沒有鋼琴，但倒是有合成器。那款合成器附有鍵盤，敲打的音色也與鋼琴相近喔。」

「合成器……？不過老師擁有這種樂器還是讓人覺得很突兀……妳會彈嗎？」

「不，與其說是彈奏，不如說——我是在創造愛呢。」

「嗄、啥？」

和偏頭不解的我恰成對比，老師語氣激昂地侃侃而談：

「所謂的合成器，是能親手創作出音色的樂器喔。透過與種種波長結合，再加些效果作為點綴，妳不覺得……這就是在創造愛情嗎？畢竟最終創造出來的曲調，就是由聲響的雙親締造的愛之結晶對吧？」

「真白白，麻煩妳翻譯。」

「嘎歐嘎歐！咱是狼所以聽不懂嘎！」

「嗄？我要生氣嘍。」

「咱可以哭嗎？妳突然丟這種強人所難的指示過來，咱也是拚了命在回應喔？咱的內心可是感到超級丟臉的喔？」

「ＯＫ，那我就不忍了。我要把妳當成寵物囚禁一輩子。」

「咱要更正，妳可以再生氣一點，但放咱一馬吧。」

「聽我說話！」

也許是無法接受我倆的反應吧，老師繼續說明了下去：

「妳們喔……好啦，那我就以鋼琴這個題目說明，應該會更好懂一些吧？鋼琴能彈出Do的音對吧？能彈出Mi的音對吧？能彈出Fa的音對吧？雖然每個音符都極為樸素，但只要同時彈奏，就能形成和音，並轉化為美麗的聲響對吧？這樣的過程，其實就是在生小孩喔。」

「真白白，麻煩妳翻譯。」

「咱覺得再作出反應會有生命危險，所以不翻喔。」

「好啦，妳們好好聽老師講話。我就勉強用擬人化的方式來舉例吧。Do是個男人，和名為Mi的女人相識，在歷經名為So的故事後生出了名為C和弦的小孩子。因為這是大調，是美滿結局呢。如果是小調，就會是一段淒美的悲劇。而若是搞錯的音色荒腔走板，便會進入壞結局喔。怎麼樣？聽懂了嗎？」

「要叫小恰咪過來嗎？」

「那孩子專精的領域不一樣，把她叫來大概只會吵成一團吧。」

「……居然說到這裡都還聽不明白，人類是何等愚蠢的生物呀……」

老師雖然對我們露出了難以置信的表情，但這應該是我們要做的反應吧……

不過，實際上——

「老實說，我也不是完全不明白的啦。然而就算聽得懂理論，想理解還是太困難了……」

「啊——咱大概也是這種感覺喔。咱大概明白老師說的多樣性是怎麼回事了。」

「真的嗎？咦？老師我好高興！那麼那麼，就讓我講得更加淺顯易懂一些吧！不是有所謂的曲子嗎？這世上應該沒多少人討厭曲子吧！而那個呀，其實就是在名為全曲的星空底下，為一個個音符授與生命，令其誕生愛情，編織出故事——並從此誕生出沒有質量的新世界喔！」

「總覺得講著講著，她看起來變得像個音樂界的泰斗似的。」

「但這個人好像不會演奏樂器呢。」

總之，就在我接受了老師的說法，打算開始下一局遊戲之際，真白白像是突然想到了什麼似的詢問老師：

「啊，不過老師剛才提到『很色』對吧？但鋼琴並不色呀？」

「鋼琴的琴槌！可是對著弦！帶著輕重緩急！敲打出音色的啊！這不是非常淫亂嗎？鋼琴可是生產小孩的工廠喔！」

「「嗚哇……」」

最後這段話將我和真白白迄今累積的理解轟到了九霄雲外。而主持人小匡則為這一局作結：

「唔嗯，這一局遊戲到此結束。呵、呵、呵，怎麼樣？這段遊戲的歷程挺有意思的吧？」

「有趣歸有趣，但誰曉得除了狼人之外，還得額外去判讀市民的想法啊！」

「這是名為Live-ON文字狼人的新遊戲呢。咱雖然贏了，卻覺得像個輸家。」

「老師我只是想坦坦蕩蕩罷了，為了迎合旁人而要自欺欺人未免太糟了。」

：辛苦啦！　￥5000

：市民被市民騙倒了笑死。

：Live-ON就是要這樣才帶勁！

：真白白真是超級治癒的角色。

：結果小咻瓦也是升天的那一方啊。

：雖說因為老師太過糟糕而減少了風采，但小咻瓦的言行其實也很糟糕呢！

好啦，這局遊戲就此結束，主持人也跟著交棒——

第二局，這次的主持人是真白白。

我收到的題目如下。

「強○」

看到這個詞彙的瞬間，我雖然閃過了「真白白很會玩啊」這樣的念頭，卻無法壓制開口的衝動。

「說到這個，就只會聯想到我了呢！」

簡直像是身體為這個詞彙產生了量身訂作的反應似的。彷彿為開心而笑——或是為悲傷而哭那般——

而在講完後，我登時為自己的失誤感到焦慮。因為就我猜測，這個題目應該是真白白設下的圈套，目的是讓我成為少數派，至於多數派則會收到截然不同的題目，把我給打得落花流水。

只不過，等待著我的發展卻出乎意料。

「哎，是這樣說沒錯呢。」

「是啊，果然會有這種想法呢。這就是所謂的天生一對嗎？」

想不到兩人都給出了肯定的回應。

對此產生自信的我登時成了脫韁野馬，開始率先滔滔不絕地訴說我對強○的愛。

「實際上，我和這個根本就是情侶般的關係呢！」

「情、情侶……我原本就在懷疑了，想不到真的是這種關係啊。」

「……啊——！懂了懂了！嗯嗯，對淡雪同學來說確實是如此呢。」

接下來已經和文字狼人無關，我只是持續地闡述著自己對於強〇的愛。

「這已經是愛了，就是愛呀。即使是已經交合身體無數次的現在，每當我倆發生關係之際，我依然會覺得自己愛著對方，對方也愛著我呢……」

「交合身體……啊哇哇、啊哇哇哇哇……」

「讚喔讚喔！就順著這股氣勢，用愛打敗狼人吧！」

我明明都化為語句傾吐出聲了，內心的愛意卻有增無減。於是在這一瞬間，我明白自己之所以生為女兒身的理由。

「我願成為你的妻子。我發誓，無論生病還是健康的時候、無論悲傷或是快樂的時候、無論貧窮或是富裕的時候，我都會愛著你、支持你、安慰你、尊敬你，直到走到生命的盡頭為止，都會對你付出一切。」

「呀——！是求婚，這是在求婚呀！而且字字句句都充斥著浪漫情懷……好崇拜呀……」

「匡同學，妳的少女心跑出來嘍……妳真的很喜歡這種調調啊……」

「好，時間到！」

明明才正要進入重頭戲，但隨著真白白一聲令下，討論時間就此結束。看來這番互動把時間給消耗殆盡了，真是可惜。

好啦，接下來就和上一局一樣，要進行投票了。只不過——

「奇怪——？就剛才的對話來看，好像沒人表現得像是狼人耶？」

小匡和老師看似都贊同著我的言論，換句話說，我們的口徑是一致的。不曉得該投給誰的我，不禁偏了偏頭。

「宮內已經投完票了。」

「老師也是喔。」

「咦，真的嗎？」

然而，原本一路附和至今的兩人卻與我恰恰相反，毫不猶豫地投下了手中的一票。

我在困惑之餘，還是把票投給小匡。這其實沒什麼像樣的理由，硬要說的話，就是她慌張的程度比老師更明顯一點而已。

而投票的結果隨之公布——

「結果——小匡一票！小咻瓦兩票！」

「啊欸？」

聽到真白白道出的結果，讓我下意識地發出了一聲怪叫。

「如此這般，就讓咱們來訪問被吊死的小咻瓦吧。可以公布妳的題目嗎？」

「咦、咦咦——？」

好不容易才搞清楚狀況的我，忍不住驚呼出聲。

「為什麼是我呀？我明明就沒有可疑之處吧！」

「好啦好啦，妳先冷靜一下，總之和大家公布妳的題目吧。」

「欸……我的題目是『強○』啦……」

「唉，宮內就知道是這麼回事。」

「啊——……老師一開始還覺得淡雪同學的反應很有趣，但看出端倪後就變得煩躁起來了呢……」

聽到我揭曉的題目，小匡露出了明顯比討論時更為無趣的表情。而老師甚至莫名地顯露不快的反應。

但看到兩人的反應後，我察覺到了一件事。

「好的，如此這般，市民們漂亮地吊死了狼人。」

沒錯，正如真白白的宣言所示，我不僅是狼人，還輕而易舉地被兩人看穿，最後被處以絞刑……

「怎麼會……為什麼？話題不是有對上嗎……？」

「好啦好啦，小咻瓦，現在還不是放棄的時候喔。畢竟狼人還有一次逆轉的機會嘛。」

「對、對喔！只要我猜中市民的題目，就可以逆轉獲勝了！」

沒錯，前一局因為是由狼人勝利，沒有用到這個機制。但這一局是市民獲勝，以這次的規則來說，狼人若能在這種情況下猜出市民的題目，仍有反敗為勝的機會！

很好很好，猜題是吧！只要猜對就行了吧！

…………………………

完全想不到啊啊啊啊啊啊啊啊啊——！！

因為我只顧著說強○的話題，其他兩人都沒有主動開口嘛！應該說，我滿腦子都是強○，根本不記得她們說了些什麼啊！

呃、呃——

「妳們都同意那是我的代名詞對吧……所以是『清秀』嗎？」

「「「……」」」

「抱歉。」

看來是不出意外地猜錯了。這下子確定是我輸了……

「我認輸……所以說，正確答案是什麼題目？」

「哦，是咱喔。」

「嗯？」

「就是咱啦。咱出給小匡和老師的題目是『彩真白』喲。」

「————————」

咦？所以說，我那些對著強○高呼的肺腑之言，聽在其他人耳裡，便成了我對真白白的真情告白……？

這時，我想起來了——在看到自己拿到的題目是強○時，我曾懷疑那是真白白為我設下的圈套——

「真——白——白——！妳果然是在整我嘛！」

「嗯——？咱聽不懂妳在說什麼耶——？」

「妳怎麼可以假公濟私啦！」

「咱聽不懂妳在說什麼——況且規則也沒有禁止喔——」

「可惡——妳這個調皮鬼！妳是在報復上一局學狼叫的事吧！」

「嗯呵……啊——也是啦。雖說是出自巧合，但看在多數派眼裡，確實會像是小咻瓦把咱視為情人，以及像是對著咱喊出求婚台詞也說不嗯呼呼嘻嘻！」

「喂，妳這個整人的為什麼害羞了啦！要、要是妳這麼當真，豈不是連我都要害臊起來了！……妳、妳這下子要怎麼收尾啦！」

「咳咳，嗯嗯……嗯喵嘻嘻嘻嘻嘻！」

「所以說別害羞啦！」

「啊——這兩個人有夠煩，老師我都想生氣了。這就和最近的YouTuber喜歡嚷嚷自己沒錢的風潮一樣煩。」

「別這樣說嘛。這樣的關係不是很棒嗎？」

：不愧是真白白。

：真白白罕見的噁心笑法擄獲了我的心。

：一陷入劣勢就毫無反抗之力的小咻瓦也很讚。

：妳們幹嘛在後輩面前打情罵俏啦……

：這是真白白在對新人下馬威，主張自己的所有權對吧？

：這下後輩們也不能認輸呢。

雖然在一陣害臊中做了收尾，但這局遊戲便到此結束，最後是以我慘敗作收。

啊……當時的我一想到能針對強〇暢所欲言，就興奮得有些疏忽了。但現在回想起來，老師一開始的反應確實是有點欲言又止的感覺。要是我能察覺到其中的突兀感，或許會有不同的結果吧……

事已至此，就把輸掉的原因歸咎於我不夠細心吧。只不過，我之所以會輸得這麼尷尬，全都要怪在真白白的頭上！她平時明明多得是宣示的機會，卻偏偏用上這種古靈精怪的手法，也讓我窮於應對……但她直到現在依舊會講到害羞，倒也不能怪她就是了。

好啦，為了進行下一局遊戲，再次換人當主持人吧。

遊戲來到第三局。而這次的主持人——是我。

主持人和參加者不同，基本上一旦進入討論時間就必須對參加者們靜音（但觀眾們還是聽得見），所以說穿了就是在一旁推動遊戲過程而已。但一如我在說明規則時曾提及的那般，正因為立場特殊，主持人享受遊戲的方式也相當獨到。

首先，我要透過聊天功能為參加者們出題。

「嘿嘿嘿……好啦，各位觀眾，就讓我們好好欣賞參加者們自亂陣腳的滑稽模樣吧——？」

在宣布討論時間開始之前，我悄悄地讓麥克風靜音，只對觀眾們釋出了這段訊息。

一旦遊戲正式開始，主持人就要在自己的直播畫面裡貼出參加者們收到的題目謎底，與觀眾們共享資訊。

而映在畫面上的資訊如下——

【多數派：彩真白、秋莉莉】→【題目：演唱會】

【少數派：宮內匡】→【題目：雜交派對】

：笑死。

：這女人是來亂的吧www

：我在螢幕前發出了「嗚哇」的聲音……

：您真是壞心哪。

：而且還偏偏挑上了小匡喔w

『——————咕嘟。』

我隱約聽見了有人吞口水的聲音，是小匡發出來的嗎？這下子愈來愈教人期待了呢！

「好的！那就開始討論吧！」

隨著我的喊聲，遊戲終於正式開始了。

好啦，除了需要出手協助時之外，我接下來都是處於靜音模式。

『這個……該怎麼說呢？老師有些難以想像呢。』

『咱也是這種感覺呢……嗯……對咱來說——應該算是夢想吧。』

『嗯？』

真白和秋莉莉老師紛紛以自然的口吻出言商議。而小匡雖然壓抑著自己的聲音，但聽在她耳裡，肯定是截然不同的意思。

「哦，來了，要來嘍！」

『雖然維持現狀也不錯，但若能和大家聚在同一處一起炒熱氣氛，想必會……讓咱很興奮吧。』

『興、興奮……』

『啊——原來如此，這是由我們主辦的意思呢。嗯——老師我討厭人類，所以有些敬謝不敏……啊，不對，若是視為非日常的活動，說不定反倒能夠樂在其中喔？……但對老師來說，那是完全無法想像的光景呢。』

『會嗎？咱以前雖然也是這樣想，但現在已經不覺得那很難以想像了喔。』

『嗯嗯！？』

『畢竟某個前輩都辦過了嘛。』

『嗯嗯嗯！？！？』

「哇哈哈哈哈哈————wwwww！！」

：吵死了笑。

：聽在小匡耳裡還真的沒什麼不自然的感覺笑死。

：啊，總覺得真白白愈聽愈像個超級大變態呢……

：晴晴這下是躺著也中槍啊www

：宮內！至少要察覺到她們是在說晴晴的演唱會啊！

：雖然深感抱歉，但我還以為某個前輩指的是聖大人。

：儘管很有趣，不過這個主持人爛透了！

：還真是糟糕得無孔不入。

：寫作主持人讀作垃圾。　￥5353

『是嗎？老師我沒什麼研究，所以不曉得呢。』

『真的嗎？咱雖然是以客人的身分進場觀看的，但真的很厲害呢。咱雖然覺得自己的能力還不到位，卻仍心生憧憬喔。』

『那是怎樣的場子？』

『現場熱氣沖天。畢竟有好幾千人都是衝著某位前輩一同到場的嘛。』

『嗯嗯？咳、咳咳！咳咳！』

「噗哈————！以晴前輩為中心的數千人雜交派對也太糟啦！啊哈哈哈哈哈哈哈！」

：噗哈————（清秀）

：我頭一次看到這麼不清秀的人。

：數千人規模笑死我了www

〈朝霧晴〉：看到以前崇拜自己的後輩居然變成這樣，我的心靈已經化為了鑽石塵……

：？

：妳居然在看嗎——！

：糟糕啦，之後要被她處以狼蛛之刑了。

〈朝霧晴〉：但只要有趣的話就ＯＫ！

：咦咦……

：不愧是Live-ON的開山祖師。

〈朝霧晴〉：感覺像是被她當成同期一樣，讓人挺開心的。還有，無論如何，這都比拿坦白哏笑我還要好上一兆倍。

：笑死。

：朝霧晴自ＶＡ（虛擬怪人）界引退！頭一次也是最後一次的大感謝祭！我為冒出這類標語的自己感到沮喪。

：ＶＡ這個用詞充滿了惡意。

：Ａ至少說是偶像（Adol）的Ａ啊……

：我覺得能被當哏的現在很棒（硬是要包庇小咻瓦拗成感動的感覺）。

「晴、晴前輩？啊不，您聽我解釋喔？我想您應該也明白，話題會被帶到這裡完全純屬偶然喔？為、為了聽清楚參加者的話語，主持人要閉上嘴巴了——！」

繼、繼續看吧！小匡雖然一直忍耐著不出聲，即使稍稍憋不住，也一直用清嗓子的方式逃避至今，但剛才的咳嗽聲應該不太妙吧？遲遲不肯參加對話的突兀感想必也會隨之顯現，接下來會如何發展呢——

『匡同學？怎麼了？妳沒事吧？』

『……我沒事，只是喉嚨有點乾。』

『這樣啊。順帶一提，小匡是怎麼看待這件事的？』

一如預期，老師提及了小匡的咳嗽聲，真白白則趁虛而入。

『怎、怎麼看待是指？』

『比方說——會不會想親自舉辦之類的？』

『才、才才才才不會想舉辦呢！？』

『哦——？』

『哎呀呀？』

「啊——小匡完全慌了手腳呢。她應該整張臉都紅了吧？各位觀眾啊，看來你們今晚在那方面的配菜已經決定好嘍？」

：別講得像是昭和時代的料理節目一樣笑死。

：為了成就觀眾們的配菜，居然無情地對後輩發起性騷擾。這拚上性命的款待之心，確實是一流主廚的風範。

：無論變得多紅都還是秉持著踩線進攻的精神著實教人敬佩。

：我覺得與其自稱清秀，不如自稱惡魔核心（註：美國於二戰期間打造的原子彈核心，曾在實驗期間二度引發輻射外洩的臨界事故，因而被稱為惡魔核心）**更為恰當。**

：小匡陷入危機了呢……

『妳就這麼不想辦嗎？是因為緊張嗎？』

『與、與其說是緊張，不不不不不如說我身為偉大宮內家的一員是不該參加的！』

『可是小匡，要是日後被工作人員請求參加呢？』

『會、會請求我參加嗎？』

『喏，換個角度想，這也是屬於咱們Live-ON成員的工作吧？』

『工作？Live-ON的直播主也會收到這樣的工作委託嗎？怎麼會這樣……也就是說，身為魔下成員，宮內也必須善盡自己的責任參加嗎……怎麼會……』

『『……呼呼！』』

啊，剛才是真白白和老師忍笑的聲音啊。看來她們八成已經察覺到小匡是少數派了。

原本由真白白一路質問著小匡，但現在就像是交棒了似的，換成老師出言質詢。

『沒事沒事，要是真的覺得沒辦法勝任，就請工作人員做些折衷吧？只不過，妳真的那麼厭惡嗎？』

『與其說是厭惡！不、不如說是不該去做……』

『那妳沒興趣嗎？』

『咦？』

『因為還不曉得是不是真的得做，這方面姑且不論。但只是稍作想像的話，應該任誰都辦得到吧？』

『想、想像……』

『哎呀，妳沒想像過嗎？』

『呃啊……老、老師有想過嗎？』

『有喔？』

『是、是這樣嗎？』

『是呀！既然連老師都想像過了，代表這很普通呢！所以說，妳有興趣嗎？』

『…………如果只是想想的話…………或許……有……』

嘩嘩嘩！嘩嘩嘩！嘩嘩嘩！

「這樣呀，原來妳有興趣呀！順帶一提，我想詳細詢問妳感興趣的部分，是哪方面刺激了妳的好奇心呢？」

『那、那是……嗯？欸？是小咻瓦前輩？』

『小咻瓦，咱聽到碼表響的聲音啦。』

「我關掉了。好了，讓我們繼續聊吧。」

『咦？咦？這、這是怎麼回事？』

『匡同學，討論結束了喔。時間已經到了。』

『啊、啊啊！喂，小咻瓦前輩！妳怎麼混進了我們的談話，還打算延長時間呀？這是犯規！』

哦，糟糕糟糕，身為主持人，我應該主動通知時間結束。但因為想繼續看她們討論的念頭揮之不去，最後就演變成我放著鬧鈴作響還加入討論的結果了。

：小匡好色！

：哦，有興趣啊（賊笑）。

：小咻瓦雖然還是一樣有夠渣，但小匡也是個越線的悶騷鬼呢……

：我覺得她自掘墳墓的成分挺重的。

：時間真是殘酷。

：主持人也跳下來參加的熱血展開。

生徒

……這只是在玩遊戲，不是性騷擾喔（藉口）。

隨後，由於討論結束，進入了投票時間。而小匡也理所當然地被吊死了。

只不過，這局遊戲仍處於鹿死誰手的狀態。

要說原因的話，便是對身為狼人的小匡來說，理應已經察覺到多數派的題目是「演唱會」才對。尤其是「某位前輩主辦過」這句話成了相當明顯的提示，算是真白白犯下的關鍵性失誤呢。如果是沒有逆轉規則的其他類型狼人殺，這樣的言詞倒不足以構成失誤，或許是她還不熟悉文字狼人的玩法吧。小匡若能抓住這個提示，便可以漂亮地反敗為勝。

如此這般，小匡給出的答案是──

『呃…………十……十八禁直播？』

「妳騙人的吧……」

看來她滿腦子都是粉紅色的思想呢……

好啦好啦，我身為主持人的工作到此結束，該換人啦！下一局就是最後一場了！我雖然這麼想……

『小咻瓦前輩。』

「嗯？」

『妳給我走著瞧。我總有一天會報仇雪恨的。』

「實在非常抱歉。」

在結束之際，小匡這麼對我施壓……看來我今後不好過了……

遊戲終於來到最後一局，主持人是秋莉莉老師。

體驗過這三局遊戲後，我正期待著最後一局遊戲會帶來多麼爾虞我詐的對話——等待著我的卻是平靜無波的結果。

「真是美麗的存在啊！」

「「咦？」」

聽到小匡的這句話，收到了「廚房垃圾」這道題目的我和真白白立即察覺小匡是狼人。老師挑選的兩道題目似乎八竿子打不著邊，果然很有她的作風呢……

在那之後，一直到討論時間結束為止，我們都上演著美其名質問的調侃大會。雖說每局決定題目的都是不同人，因此難免會有人選重疊的巧合，但連續兩次被選為狼人的小匡實在有些可憐呢。

只不過……這一局最後的發展卻跌破所有人的眼鏡。

在限制時間結束後，小匡先是被吊死，隨後來到了反敗為勝的最後機會——也就是讓狼人猜測多數派題目的環節。

小匡獲得的提示，唯有自己分到的題目──「地球人」而已。我和真白白由於早就察覺自己是多數派，也記取了前幾局遊戲的教訓，因此對話時都小心翼翼地不洩漏提示。照理說她應該沒有能夠判斷題目的線索才對。

然而──

「唔嗯……是秋莉莉老師出的題目……所以應該是『廚房垃圾』之類的吧？」

「──「！？」」

小匡她──不偏不倚地猜中了多數派的題目──

完全是出乎意料的反敗為勝。

「嗄？咦、不會吧？妳、妳為什麼猜得到？」

我們都掩飾不住臉上的震驚。而其中最為慌亂的，莫過於負責出題的秋莉莉老師了。

「妳、妳難道偷看我出題嗎？」

「我宮內豈會動用那種卑鄙手段？妳忘記自己跑來找我商量題目時，也是我把妳趕走的嗎？」

「那妳為什麼會知道？」

「靠的是直覺喔。」

「直、直覺？」

面對慌了手腳的老師，小匡露出一副理所當然的表情，說明起自己猜中的理由：

「首先，題目是有共通點的。老師的個性認真，所以不管出什麼題目，都一定會遵守這項基本規則。換句話說，另一邊的題目和宮內收到的『地球人』有共通之處。但因為出題者是老師，所以在聯想和『人』相關的共通點時，應該會選擇負面的元素才對。綜合這些線索，我便得出『廚房垃圾』這樣的答案。」

「不、不對不對，這太奇怪了吧？就算退個一百步讓妳猜到『垃圾』好了，但到底是怎麼猜到『廚房垃圾』的？」

「老師是個道地的諷刺家，我覺得垃圾兩字太過樸素，應該不合妳的胃口，所以最後還是憑藉直覺猜到的喔。」

「這、這什麼歪理呀……不可能……」

「沒有什麼可不可能。既然宮內猜到答案，就算是我贏了。呵呵呵，怎麼樣？地球人也不是一無是處吧？」

「咕嗚……！」

「畢竟在交往期間，我自認對老師加深了不少認識呢。」

「啥、啥？妳、妳胡說八道些什麼啊？現在可是在直播呀？」

「哦——？怎麼啦怎麼啦？妳害羞了嗎？」

「妳這臭小鬼……！」

：啊，糟糕，我攝取太多貼貼要死了……

：哎呀哎呀，嗚呼呼！　￥50000

：明明是被貼上廚房垃圾標籤的地球人，卻以「並非一無是處」作為回應，未免太帥了吧？

：※和剛才在正確答案昭然若揭的情況下答成十八禁直播的是同一個人。

：感受到只針對老師的強烈愛意。

「「（啪啪啪啪啪啪！）」」

看到這幅光景，我和真白白只能一個勁兒地奉上掌聲。雖然輸了，卻有種神清氣爽的感覺。如此一來，這次的遊戲便徹底結束！最後確實是高潮迭起，看來可以開開心心地結束這次的直播了呢！後輩啊，妳們的表現可圈可點！

「該怎麼說呢？雖然咱不太適合說這種話，但最後變得像是小淡真白和小匡秋莉的親熱對決呢。」

「我才沒有在親熱！」

「……嗯？真白前輩不僅引誘小咻瓦前輩作出求婚宣言，宮內也答對了老師的題目。而老師……雖然帶了些巧合的成分，卻仍在宮內出題之際展現自己的個性。不過小咻瓦前輩就……」

……奇怪？仔細想想，我在這次直播裡的表現好像……

「她不僅沒察覺到真白白前輩出題的意圖，擔任主持人時還性騷擾宮內這個後輩，完全是醜態畢露呢！」

「「………………」」

「嘶————……」

……糟糕……我根本找不到藉口……現場傳來了好強烈的壓迫感……

「欸，真白白前輩、老師，我們要不要吊死她呢？」

「嗄？」

「也是呢，老師贊成。就如同真白同學在第一局說的那般，她的內心肯定是一隻大野狼呢。」

「欸？等等等等一下？」

咦？這個發展是怎麼回事？

「等等，妳們是不是誤會了？應該不是這樣的吧？這不是該在一片貼貼之中快快樂樂地收播的氛圍嗎！？」

「淡雪同學，文字狼人是一種在對話中找出狼人並吊死對方的遊戲對吧？所以，妳應該明白吧？」

「妳這是在偷換概念吧？」

「小咻瓦。」

「真、真白白！這種收尾太過分了吧？真白白應該明白吧？妳會幫我一把的吧？」

「……要一起私奔嗎？」

「結果這孩子往奇怪的路上狂奔了啊啊啊啊？」

「呼哈哈哈哈哈！怎麼樣，我馬上就報仇雪恥了喔！」

：大草原。

：這是自作自受笑。

：果然Live-ON就是得往荒唐的路線發展呢！

：這就是傳說中的Live-ON狼人殺嗎？

：總覺得大家都很開心呢(*´ω`*)。

不知為何，這場文字狼人直播，最後是以我獨輸作為收尾……

幾天後——

「嗯嗯？」

在太陽還沒升起的時刻，手機的來電鈴聲吵醒了我。

不明所以的我勉強撐開睏意重重的眼皮窺探畫面，看來是小劍打了電話過來。

這罕見的狀況讓我稍稍清醒了一些。怎麼會在一大早打過來？

「喂喂？」

我接起電話。

——那是——一句極為突然的話語。

「師父……怎麼辦……老子……說不定要被Live-ON開除了……」

「…………咦？」

那悲痛的語氣難以和小劍平時活潑的身姿聯想在一起。而她一開口，就是讓人大為震驚的重磅消息——

第三章

小劍的危機？

「老實說，老子在直播的時候搞砸了……」

「我也是喔。」

「老子幹的事情比師父還要糟糕……」

「真的假的……」

從小劍打來的電話感受到狀況不單純的我，立即一改放鬆的模樣正襟危坐，集中精神聆聽小劍的話語。

話說回來，「被Live-ON開除」是怎麼回事……她說搞砸的狀況比我嚴重，到底是犯了什麼嚴重的錯誤？應該說，Live-ON有開除這樣的概念嗎？這個箱就算有我這種能把和平的直播搞得荒腔走板的人物，我還是成天不當一回事地繼續活動喔？就算我明天開始自稱「我是專精介紹各種色情遊戲裡對於L○NE不同版本稱呼方式的VTuber」，這個箱也極有可能會原諒我喔？

……不行，迄今的經驗一點幫助也沒有。總之先安分地聽她說明吧。

「那麼，可以麻煩妳從頭開始說明嗎？」

「嗯……喏，前陣子不是有情人節的活動嗎？就是做巧克力的那個。」

「嗯，這我當然還記得。」

「當下要回家時……師父把那個送給了老子對吧？」

「嘶——」

「妳送了老子……強〇對吧？」

「嘶————」

哎呀～好奇怪喔？我明明打算乖乖聽她說明的，怎麼突然想逃避現實了呢？

「師、師父？沒事吧？」

「當、當然當然！我一點事情也沒有！好的好的好的，確實是有這麼回事呢！」

我佯裝平靜，毫無意義地大聲回應。要是不這麼做的話，總覺得自己的聲音會打顫。

冷、冷靜點，我要冷靜啊。既然重要的後輩正語氣嚴肅地找我商量，我這個克服了無數渾沌難關的前輩就該以身經百戰之姿誠懇面對。可別慌張到像是隨時都要道歉一樣啊。

況且，目前也只是提及到那檔事而已，接下來轉換話題的可能性還是很高的。嗯。

「請、請繼續說。」

「可以嗎？那麼……呃，關於那罐強〇，因為是從師父那裡收到的，老子非常開心，不想普通地喝掉，而是想以心懷感激的形式喝完它。」

「原來如此。」

「然後呢，在直播上向觀眾們報告收到強〇的消息後……他們就要老子下次在直播上開喝。」

「原來如此。」

「老子覺得——這真是個好點子！下次就和大家一起心懷感激地喝吧！於是老子就在昨天晚上開台喝了。」

「原來如此。」

「而在喝掉之後……老子就搞砸了。」

「原來如此。」

原來如此。原來如此原來如此原來如此。

「小劍，可以告訴我妳家的地址嗎？」

「咦？地址？是可以啦，但為什麼要問？」

「我現在就去妳家下跪道歉。」

「咦？下跪？」

「應該說我現在就做。好的我做完了。我會保持下跪的姿勢與您交談的。」

「等等？為什麼？為什麼師父要下跪？別這樣別這樣！」

「還不是、還不是因為！這不就代表是我的錯嗎啊啊啊啊啊──！！」

像是在請求恕罪似的，我將額頭貼著地板吶喊。

「師父，請冷靜下來！不是的！搞砸事情的是我呀！」

「但不管怎麼想，我都是始作俑者吧！是說現在回想起來，把強○放進後輩包包的我到底在想什麼？別說幫人打氣，就算被誤解為鼓吹透過喝酒逃避現實也不意外吧！這種前輩太討人厭了吧！啊真的很對不起咿咿咿咿咿──！！」

「就說沒這回事了！老子真的很開心啦！這次的事件也是老子自作自受，師父不僅沒有錯，還是個很可靠的前輩喔！」

「真的嗎？妳難道不是假借商量之名行咎責之實嗎？」

「不對不對！應該說在老子不曉得該如何是好時，率先想到的可靠前輩就是師父，所以才會打電話的！……大概是老子說明的方式太蹩腳了吧。老子現在其實也很焦慮呢，對不起……」

「啊，不會不會！是我要求妳說明的，要是裝傻帶過未免太不像話了……對不起，我剛才自亂陣腳，現在已經沒事了。」

看到小劍再次陷入沮喪，我這才終於恢復冷靜。

她原本就是個很少說謊或是出言嘲諷的女孩子，我應該好好地把她的話聽進去才對，怎麼還在一旁疑神疑鬼啊……

冷靜點。她都特地找我幫忙了，身為聆聽的一方若不冷靜應對，原本能輕鬆解決的小事也會化為難題。

呼……接下來……我想想啊……

「我明白事情的來龍去脈了。那麼……雖然妳可能很不想說，但能麻煩妳告訴我所謂『搞砸』的具體內容為何嗎？」

沒錯，到頭來，若是沒搞清楚發生了什麼事，就不曉得該如何因應。

「嗚………我知道了。」

小劍先是支吾了一下，卻似乎依然信任一度慌了手腳的我，爽快地答應了。

好啦……如果搞砸的內容不是無可挽回的慘劇就好……

「總之呢，師父先看這個。」

「嗯？」

小劍將一個影片連結貼給我。

影片的標題是——「小劍終於取回了○○【Live-ON／剪輯影片／短劍】」。

也就是說，這是剪輯了搞砸部分的影片對吧？居然專挑直播失利的部分剪輯，還真是惹人厭的傢伙啊。

不過……這標題是怎麼回事？

「只要看了就明白了。」

「我明白了。我現在就點開來看。」

總之我照著她的話點開影片，開始收看。

首先映在畫面上的，是短劍的直播畫面——就剪輯師加註在一旁的直播時間來看，這似乎是發生在情人節活動的隔天。

『鏘鏘——！快看這個！昨天返家時，師父把這個送給老子了！』

直播中的小劍語氣活潑，並將坐鎮在冰箱中央的強○照片大大地放在畫面當中。那應該就是我送給她的禮物吧。

：笑死。 ¥220

：給出身體的一部分，實際上就是麵○超人了吧。

：這是不是某種人類無法理解的火爆性騷擾行為啊？

：別對後輩布道啦。

：未成年不能喝酒！

『老子雖然沒喝過強○，但已經是勉強能喝的年齡啦——！看吧看吧，很棒很棒對吧——！

老子雖然覺得應該要喝，但覺得現在喝掉實在太浪費，所以就拿來炫耀啦欸嘿嘿嘿嘿——！』

：妳的笑聲w

：原來小劍已經成年了？

：這點層級的設定矛盾已經沒人會吐槽了笑死。

：小有素大概明天就會找上門和妳談一筆天大的生意，記得別理會她啊——

：老實說能親手收到是真的很羨慕。

：在直播上喝吧。　¥500

『！就是這個！在直播上喝感覺很不錯！欸，就這麼辦就這麼辦——！……不過還是再多欣賞一下吧～（憨笑——）』

五期生已經通過收益化……她們很努力呢……重點不是這點！原來如此，首先是介紹前因後果啊，真是細心的剪輯。

畫面隨之切換。從標註的日期看來，似乎是昨天的直播。看來重頭戲要來了……

『糟糕——愈來愈緊張了！要開嘍？老子真的要打開嘍？大家都準備好了嗎？那麼……懷著對師父的感激之情，老子開喝人生第一罐強〇了！噗咻！』

：噗咻！　¥220

：我也買回來了。（噗咻！）

：謝謝強〇師父！

：是中二師父喔。

：是強〇中二師父吧。

：聽起來就是個窮途潦倒的傢伙啊。

看來她終於打開了我那天給她的鋁罐強〇。那絕非其他的酒。聽到好幾天沒開過的強〇開罐聲，我就能如此斷定。

『咕嘟咕嘟咕嘟咕嘟。』

小劍就這麼喝得喉嚨作響。

『……是、是成熟大人的味道呢……不愧是師父。』

聽到她以苦澀的語氣訴說感想，讓我險些笑了出來。看來第一次的品嚐並沒有帶給她美妙的滋味呢。等到習慣之後，無論是其中的苦味還是人工的香料味，都會變得回味無窮就是了——

：www

：原來小咻瓦是這種味道啊……

：糟糕，我莫名興奮起來了……

：對飲料的喜好是小朋友等級啊。

：慢慢喝吧。

『好喔！都難得收下了，不管得花上多少時間，老子都要把這一罐喝光！』

講完這句話後，畫面再次轉換。標註的日期並沒有變化，是昨天同一場直播的剪輯。

就我的預期來說，應該差不多要進入重點了……由這樣的走向來看，她應該是喝醉之後思緒變鈍，放鬆了平時自制的枷鎖，最後才會出事吧。

若是洩漏個人資訊就糟了。而若是洩漏公司內部資訊一類的違約行為也很不妙。但可怕的是，我能想到比我的狀況還嚴重、有可能會被開除的事由，也就只有這兩種而已……

『好想吃漢——堡排——噢！』

……嗯？

在穿插「過了一小時」的字幕後，重新顯現的畫面裡傳來的，是小劍顯然已經喝醉的軟綿綿嗓音。

嗯，到這裡為止都還在預料之內……但、但是漢堡排是怎麼回事？

：漢、漢堡排？

：妳突然在說什麼啊？

：喝醉了呢w

：看起來酒量很差呢。

：真可愛。

『對啦，既然都變熱了，就脫掉兜帽吧——啊——……該怎麼說，習慣強○的味道後……就想吃漢堡排了呢。』

：？

：是想吃下酒菜的意思？

：兜帽脫得太過突然真是謝謝您！

：腦袋完全沒在運轉www

：喜歡漢堡排嗎？

『超～喜歡！從以前到現在都最愛吃！』

…………………

：這樣啊——

：嗯嗯，那很好吃呢。

：漢堡排餐費。 ¥682

：原來是喝醉就會變成幼兒的類型嗎……

：從以前……？不是失憶了嗎……？

：啊！

：這次似乎不會被放過了呢……

『嗯～？記憶——？記憶啊～——已經都想起來了喔！』

！？！？

：！？

：咦？

：這、這樣好嗎？

：明明之前那麼堅持的……

：這、這樣沒問題嗎？

『磅磅——！啊——↑↑！（拍手拍手拍手拍手！）』

：連磅磅都喊出來了……

：看來強〇有助於喚回記憶的療效被發掘而出了呢。

：為醫界投下震撼彈。

：醫生「我幫您開點強〇服用喔——」

：不如說喝了會失去記憶吧……

：就算恢復記憶了依舊很開心，看來不是不好的記憶，真是太好了呢！

：**恭、恭喜妳？　￥10000**

：出道時講的那些燒焦的黑色肉塊是什麼玩意兒來著……

『啊——？啊哈哈哈哈！那是指漢堡排喔！嗶呀——↑！』

…………………………

：wwwwwwwwww

：咦——！！

：真的假的w

：會燒起來的原因是正在下廚嗎……

：那、那麼黏稠的紅色液體又是什麼？

『老子吃漢堡排的時候，喜歡加番茄醬……呼嘻嘻（憨笑）』

：**￥50000**

：可愛爆表了。

：設定崩潰個沒完。

：原本就是搖搖欲墜的疊疊樂狀態就是了……

：**番茄醬費。　￥10000**

：倘若短劍是用來吃漢堡排用的餐具，也難怪看起來會閃閃發亮了。

：這是何等慘不忍睹的光景？（炫耀美食）

：那樣的話就不是短劍，而是餐刀吧……

：晴晴之所以會取小刀這個綽號，難道正是預知了這點？

：您忘記帶叉子嘍。

：這樣真的好嗎……

：感覺酒醒之後會很糟糕。

：小淡雪，妳又搞砸了喔。

：想不到她連透過強〇發動遠距離攻擊的手法都爐火純青了。

：那女人真的是人類嗎？

：感覺解剖的話會從體內挖出快〇快〇月刊一類的玩意兒。

：可愛是一種才能，所以可愛的小劍很了不起喔。

『可愛嗎？嘻嘻，好開心……聽我說聽我說，老子是因為吃到太好吃的漢堡排，才會在大受衝擊之餘失憶喔——！很可愛吧！嗯呼～完全對上了呢～！老子是天才！』

：**草包到極點的設定笑死。**

：這就是天才。

：根本是吉祥物的設定啦。

：被說可愛的時候其實很開心嗎www

：明明正在展露Live-ON本色，但本性比平時更為可愛，讓我看了有點擔心。

：喜歡漢堡排的小劍，感覺今後會被簡稱為小漢堡呢。

：這個稱號好像不太對吧……

：†漢堡†

：照這個命名法則的話，小淡雪就成了漢堡排師父呢。

：漢堡嗷嗷嗷嗷嗷嗷嗷嗷——排！

：笑死。

…………

『咕嘟、咕嘟……啊，把強○喝光了……師父，感謝招待！……好睏！我去睡了！今天謝謝大家捧場！』

——

：等等？

：要收播了？

：也太突然了笑。

：辛、辛苦了——？

：晚安！　￥1000

：她今後的人物個性要怎麼詮釋啊……？

…………………影片結束了。

「…………………」

「師父……老子該怎麼辦……」

我先是啞口無言了一陣子。而小劍似乎是判斷我差不多要看完了，再次以和直播時的軟綿綿語調不太相同的軟弱語氣開了口。

「……怎麼辦？怎麼辦……怎麼辦……」

「…………………真是可愛到沒辦法拿妳怎麼辦呢。」

「不是這樣的啊啊啊啊啊——啊啊啊啊！」

小劍語氣一轉，撕心裂肺的喊聲在我的耳裡層層迴盪。

不，可是……看了剛才的影片，我還能做什麼反應呢……？

舉例來說，我覺得就像是以為睡過頭而急忙起身，卻發現今天是假日——湧上心頭的正是這種空虛的感覺……

「師父難道沒看影片嗎？老子的狀況很不妙呀！」

「不不，我有好好看完喔。妳展現了很可愛的Live-ON本色呢。」

「師父在說什麼啊？這真的很不妙！說特上正以現在進行式散播著小漢堡和漢堡排師父的稱呼喔！再這樣下去，老子就會被開除了！」

「連我也被捲進去了呢……但畢竟始作俑者是我，多少還是能接受啦……」

「不可以接受啦——！」

小劍和我的情緒完全呈現背道而馳的狀態。

但這也沒辦法。對已經體驗過無數次設定毀滅的我來說，實在無法理解小劍為何會如此憂心忡忡。這怎麼聽都是完完全全的杞人憂天啊。

應該說，我還以為小劍總算以Live-ON一員的身分展露本色了呢……

和Live-ON迄今為止的渾沌風格不同，她主打可愛元素的Live-ON可說是傳統和新鮮感兼具，讓我覺得相當優秀。

但她的反應為什麼這麼大？雖說這姑且算是搞砸了沒錯，但她是為了自己的設定被毀而感到焦慮嗎？我在察覺到自己忘記關台時同樣是驚惶失措，所以倒也不是不懂這樣的心情，儘管如此，卻不覺得她搞砸的層級比我嚴重。

「啊，難道說除了這部剪輯影片外，還有更糟糕的出包場景嗎？」

「不是喔，剛才那段影片幾乎就囊括全部了。」

「下次要不要一起做漢堡排？」

「師——父——！」

這下不妙，小劍變得更慌張了。從這樣的反應研判，她似乎真的在擔心自己會被開除呢。

……看來還是再次嚴肅地和她對答一番會比較好。

我清了清嗓子，硬是讓乏力的身子端正姿勢。

「不好意思，我似乎太過鬆懈了。」

「啊，老、老子才要和師父道歉……居然大呼小叫的……」

「不會不會，別放在心上，畢竟前輩就是要給後輩靠的呀。不過我確實還沒掌握重點。小劍，能說說妳覺得自己會被開除的關鍵為何嗎？」

「嗯……老子之所以能進入Live-ON，靠的就是失憶的設定。除此之外，老子根本是一無是處。」

「一無是處？不不，哪有這種——」

「是真的。老子一直很想加入Live-ON，但在進入面試階段時，才發現過得渾渾噩噩的自己，根本沒有能以Live-ON自居的才能……老實說，要不是老子擠出了全身上下的勇氣假裝失憶衝進公司，應該就不會被錄取了吧。」

「哦，果然妳沒有失憶呢。還有，原來衝進公司的小故事是真實事件呀……」

「嗯！老子努力過了！……只不過和小匡和老師那種天賦不一樣，老子靠的都是後天的設定。Live-ON大概是覺得這樣的設定很有趣，才會放老子過關的吧。但在昨天的直播裡，老子卻親手推翻了迄今跌跌撞撞地保護好的設定……老子覺得自己已經沒有待在Live-ON的資格了。」

「唔嗯……」

原來如此。雖然有很多可以吐槽的部分，但我大致明白來龍去脈了。

於是我決定這麼回應——

「但應該不可能被開除喔。」

結論來說就是如此。

「不能擅自斷定吧！公司說不定覺得我已經是個沒用的孩子，會拋棄老子的呀！」

「要是這樣就把妳開除，Live-ON的處置便會構成社會問題了。雖然平時瘋瘋顛顛的，好歹還是一間正派經營的企業，所以會好好地遵守法律。這點小事還不至於會讓人被開除，妳也沒收到要被叫去公司的電話吧？」

「嗚，確實沒收到……只不過，要是因此成了Live-ON的累贅，身為Live-ON粉絲的老子實在沒辦法原諒自己……」

「唔嗯……」

這也是我剛才想吐槽的其中一點——小劍覺得除了失憶之外，自己沒有能以Live-ON自居的才能。但真是如此嗎？

雖說我的口才不足以具體地講解她的才能，卻仍很清楚這孩子並不平凡（算是在讚美她）。

啊，但她的才能發展下去，確實會抵達「可愛」這個終點就是了。

「小劍不是很可愛嗎？這已經是很有價值的存在意義啦。」

「可愛……這雖然讓老子很開心，但對於一個失憶的角色來說，是種扣分的屬性呀……得表現得更帥氣才行。」

「啊——！所以妳才那麼抗拒可愛的評語，堅持要走帥氣路線嗎！……奇怪？可是呀，隱瞞本性應該很難受吧？妳會不會積累太多壓力了？」

「積累壓力？為什麼？老子光是能待在Live-ON就是至高無上的幸福了，而且還能和師父一起活動，每天都讓老子期待不已呢！」

「原、原來如此……」

原來還有這樣的價值觀啊……也是啦，既然Live-ON變得比以前更有人氣，自然也會誕生出具備這種價值觀的人類呢……

……咦？那現在到底該怎麼辦才好？這是迄今都沒遇過的案例，就連我都不曉得該如何解決了喔？

就算想思考解決方案，然而以這次的案例來說——講得難聽一點，感覺只要隨便找個理由就能平安下莊，反倒讓我的腦袋陷入一片混亂……

總之先整理一下狀況吧。也就是說，小劍雖然想繼續待在Live-ON，卻覺得失去失憶這個特徵的自己，沒了待下去的資格對吧？

「啊，那想個辦法恢復成失憶的狀況如何？喏，妳在剛才的影片也曾說過『因為漢堡排太過美味而失憶了』對吧？不如依循同樣的感覺……」

……真的嗎？真的要來這套嗎？雖然脫口而出浮上心頭的解決方案，但就連開口的我是不是都沒什麼把握啊？

哎，不過現在的她只需要回到堅持自己失憶的狀態即可，所以這麼做倒也沒什麼問題。然而恢復成失憶到底是什麼跟什麼啦……

「師父——」

果然惹她生氣了嗎？還、還是換個說法——

「小、小劍？那個……我剛才的提議還是不算——」

「妳是天才嗎？」

「嗯？」

小劍出乎意料的反應讓我不禁偏了偏頭。

「就是這個！師父！就這麼做吧！」

「要、要怎麼做？」

而就在此時此刻，我有了十足的把握——

「來做吧！」

「？做什麼？」

這孩子果然——

「我們一起製作——能把復甦的記憶拋到九霄雲外的『究極漢堡排』吧！！」

「…………什麼？」

絕對不是個平凡的孩子…………

「師父！我準備好材料和調理用的器具了！」

「謝謝妳。」

「真不好意思，淡雪前輩，我們家的小劍給妳添麻煩了……倘若有宮內能幫上忙的部分，還請不吝指示。」

「老師我肚子餓了，快點出菜啊。」

這裡是短劍家的廚房。除了有穿上圍裙的我和小劍，也有正坐在餐桌旁觀摩的小匡和秋莉莉老師——

時間倒回和小劍通話之際——

「真的嗎……？妳真的要採用這個方案嗎……？」

開設「和師父一起做漢堡排！」這樣的直播台，並製作究極的漢堡排，在吃下後恢復成失憶的樣子。我一再確認起自己向小劍提議的這場作戰內容。

「對呀！沒有比這個更好的方法了！」

小劍則是自信滿滿，和我恰成對比。立場簡直像是和不久前對調了一樣。

結果小劍堅持採用這個方案，甚至發下豪語說道：『老子的身體可是有過因為吃了漢堡排而失憶的前例呢！』而氣勢不如人的我，最後也只能點頭同意。該怎麼說，根據迄今的經驗，Live-ON的成員一旦進入這種狀態，說什麼都沒辦法阻止了吧……

只是……雖然只是角色設定的問題，也有著前例作為立論基礎，但在點頭之前仍是猶豫再三的我是不是很奇怪呢……

這樣的對話重複上演了無數次。逐漸被她的氣勢壓制後，我決定用這樣的想法來說服自己。

既然Ev〇rTale（註：指手機遊戲「EverTale」，其廣告畫面與實際內容極為不符）的廣告都能過關，應該不要緊吧。

「我明白了，那就採納這項作戰吧……啊，但我還是要問一下，妳打算怎麼做出究極的漢堡排呢？」

「呵、呵、呵，師父——」

「怎、怎麼了？」

「當然是從虛無（毫無對策）之中創造出來呀？」

「這孩子真的只會在無關緊要的時候耍中二呢！」

回到現在。今天我們為了試吃究極的漢堡排而前來小劍家打擾（小匡和老師則是被抓來消耗吃不完的試作品）。

總之就是那樣啦。既然敲定了料理合作直播，至少得在開台之前做個練習吧。這種理由對我來說也是恰如其分。既然已經擺脫不了身為始作俑者的責任，就秉持著Live-ON的作風，憑藉氣勢克服難關吧！

「好！那就準備開始烹飪吧。只要做出符合小劍喜好的漢堡排就可以了嗎？」

「沒錯！做出即使再次喝到強〇也不會恢復記憶的成品吧！」

「那得依賴妳自己的自制力吧……況且就算成品並不好吃，妳還是可以大喊著好吃並宣稱再次失憶不是嗎？」

「老師，宮內認為我們應該誠摯地面對觀眾。身為一名直播主，在陷入這種危機的時候，至少也得盡可能地努力過一番才對吧？」

「沒錯沒錯！為了更有說服力，直到烹飪結束為止，我們都打算採用料理直播的流程喔！」

「是是是，我只是提個最糟糕的可能性罷了。」

當五期生們聊天之際，我的眼睛總是不自覺地朝著小匡和老師看去。

既然是來幫忙吃飯的，自然得親自到場才行。換句話說，我還是頭一次在線下和小匡與老師見面呢（在老師出道之前，我倒是曾經和她素昧平生地擦身而過）。

在見面之際，我們做過了自我介紹。小匡的本名是源沙舞音，秋莉莉老師則是岡林真律小姐。

該怎麼說，明明是線下見面，給人的印象卻沒什麼變化。應該是本性和直播時幾乎相同的類型吧。

「話說回來，有必要特地做漢堡排這種工序複雜的料理嗎？」

「算啦算啦，這種讓人會心一笑的感覺不正是小劍的魅力所在嗎？」

……小劍似乎還沒向兩人坦承「沒失憶的自己不夠資格待在Live-ON」的念頭。

或許是因為已經有了解決方案，沒了到處張揚的理由吧。但就電話中的對談研判，總覺得她似乎對兩人懷抱著某種自卑感。

……嗯，為了小劍今後的發展，或許我也該試著將她能以Live-ON成員自居的理由好好說個清楚呢。

「好啦，那麼——開始做吧！」

首先是切食材——

「哦，這把菜刀真利呢。」

「呵、呵、呵，師父，其實這把刀……是透過『危險管道』弄到手的喲……」

「危、危險管道？」

「她的意思是在amaz*n買的。」

「老——師——！」

接下來是混合材料做成肉餅——

「呼、呼（黏稠黏稠黏稠黏稠）——」

「啊，小劍，不行！居然猛喘著氣！毫不在乎髒兮兮的雙手！巧妙地動著手指！弄出這麼放

短劍

蕩的聲音！這、這必必必須加以規範才行啊啊啊啊啊啊——！」

「妳吵死了————————！」

接著是將肉餅捏成橢圓形——

「師父。」

「怎麼了——？」

「妳看妳看！是心形漢堡排！」

「哎呀，妳手真巧——！」

「「妳們是母女嗎！」」

再來則是加熱——

「發出了很悅耳的煎烤聲呢！……奇怪，話說回來，小劍，妳恢復記憶的直播已經被很多人剪成精華集了對吧？等恢復成失憶的狀態後，妳打算怎麼解決？」

「那個呀！老子只要不去看那些剪輯影片就行了！」

「妳是天才嗎？」

「淡、淡雪同學？」

「淡雪前輩似乎也逐漸適應小劍的言行了呢——」

最後則是配合小劍的喜好擠上番茄醬——

「好的！究極的漢堡排試作品一號完成了！」

「好咧！老子要開動了！」

接下來則是基於小劍的感想調整煎烤的手法或是味道，直到她滿意為止。在這段過程中，小匡和秋莉莉老師似乎也不打算束手旁觀，紛紛加入了烹飪漢堡排的行列。

我一開始雖然還有點困惑，但親自下場嘗試後，便發現這樣的活動有趣得令人無法自拔。和別人一起做菜也挺不錯呢。熱熱鬧鬧地下廚相當好玩，有等著開飯的人在場，也能提升做菜的幹勁。

最後終於——

「————唔！！」

小劍在吃下漢堡排後，毫不誇張地露出了閃閃發亮的雙眼，試作品的製作至此也告一段落。

「接下來便是以這份食譜在直播上製作就行了呢。」

「好喔！真的很謝謝師父！」

「呵呵，現在就道謝太早了呢。」

五期生說好要一起收拾善後，於是我便先一步離開了。

臨別之際，小劍送我送到玄關處

「那我就失陪了。」

「……師、師父！」

「嗯？怎麼了嗎？」

「不，那個……其實老子想道歉……因為有些難以開口，才會拖到現在……」

「想道歉？」

和平時不同，小劍表現得有些忸怩。是發生了什麼不好的事嗎……？

「嗯。那個……老子之所以堅持要製作究極的漢堡排，雖說是賭上了自己在Live-ON的人生，才抱持著死馬當活馬醫的想法……但還有另一個理由……」

「另一個理由？」

「……那個……要、要是採用這個方案……老子想說可以品嚐到師父製作的漢堡排了……對不起，動了歪腦筋。」

小劍紅著臉龐低頭道歉。

哦——

「小劍。」

「嗯？」

我直視著小劍抬頭望來的雙眼，堂堂宣布：

「我和妳約好了。直播那天，我一定會做出究極的漢堡排。」

「師、師父……」

「妳放心吧。」

「呃、不……師、師父？」

「妳完全不需要擔心，儘管包在我身上吧。」

「那個……呃，我不是那個意思……妳、妳流鼻血了喔？」

嗯扭喔喔喔喔喔喔嗯咰咰咰咰咰咰咰！這個後輩太可愛了喔喔喔喔咰喔咰喔咰喔喔喔喔喔喔！啵啵啵啵啵！啵啵啵啵啵！喔喔嗚喔嗚喔嗚喔嗚喔嗚喔嗚喔嗚喔嗚喔嘻嘻嘻嘻嘻嘻嘻嘻咿咿咿咿————！

到了執行決戰之日——

「漢堡排──────！」

「大、大家好，為了紀念恢復記憶，老子想和師父一起做漢堡排。老子是小劍……」

「漢堡嗷嗷嗷嗷嗷──────排！」

「師、師父，妳今天到底是怎麼了？直播已經開始了喔？」

我成了漢堡排師父了。

：終於開直播啦！　¥1000

：這是記憶恢復後的首度直播，好期待啊。

：已經很可愛了。　¥20000

：可愛（可愛）。

：現在大家都肆無忌憚地稱讚她可愛了笑死。

：既然恢復記憶，是不是連本名也想起來了呢？

：她可是小漢堡啊。

：是美國人嗎？

：好多人在看啊。

：做漢堡排……？不，應該不會吧……

：所以說，她隔壁那個白痴在幹什麼？

：強〇中二漢堡排師父。

：好的——小淡雪——妳站在那邊很礙事，所以去聖大人那邊吧——

：淡雪↓喝醉了會變了個人。短劍↓喝醉了會變了個人。

：果然是師徒嘛！

：小淡雪與其說是變了個人，不如說是整個人崩潰了。

：小劍變成小漢堡我還懂，為什麼連妳都變成漢堡排師父了啊！

「小劍，我剛才也說過了吧，這是為了做出究極漢堡排的專注儀式喔。放心吧，我沒喝醉，所以手部的動作不會出錯的。」

「沒喝醉更讓人擔心呀！師父到底是怎麼了？今天的師父連雙眼都布滿血絲，看起來有點可怕耶？」

「只是聽到可愛的後輩想吃我的漢堡排，所以就認真回應罷了。」

「直播前確實是說過了！但這真的不要緊嗎……？」

呵呵，小劍，妳大可放一百二十個心。

因為——我已經察覺到了。

現在的我已經變得對漢堡排如痴如醉。也希望小劍能品嘗我做的漢堡排。

換句話說，做巧克力時遞給她的那罐強〇在被小劍喝乾後，又在小劍的體內輪迴轉生，最終則在這裡再次以強〇之姿誕生在她面前。

「小劍，我要再次贈送強〇給妳當禮物。」

「為什麼會變成這樣！？」

：原來私底下有這麼說過啊。

：今天的小淡相當不妙喔——！

：難道說，這是超級罕見的無強〇嗨爆小淡狀態？

：感覺小淡的人格還存在著，但狀態似乎很相近呢。

：這人到底在面試的時候幹了些什麼事……

然後，烹飪節目就此展開。

起初，身兼助手和攝影師的小劍看起來有些不安，聊天室也呈現著「大概又要出事了」的反應。

但隨著時間經過，現場氣氛卻有了一百八十度的逆轉。小劍無言地倒抽一口氣的次數增加，聊天室也滿是驚嘆的反應。

而即使在一片熱絡的氣氛當中，我依舊有條不紊地執行著步驟。因為對我來說，這是理所當然的事啊。

對小劍來說，這就是她的強〇。沒錯，誠如各位所知，現在的我，實際上就是在製作強〇。

我心音淡雪——豈有做不出強〇的道理？

「來，請享用吧。」

在名為盤子的純白床鋪上，究極的漢堡排正滴落著誘人的肉汁，纏繞著番茄醬的淫靡紅色，呈現在小劍面前。

「好厲害……」

：看起來超好吃的啊！

：根本是專業水準了吧。

：隔著畫面都能聞到好香的味道……

：真的很會做菜呢……

：雖然感覺是很好吃沒錯，但這已經超越好吃，進入讓人退避三舍的領域了吧……

：到底投注了多少心血做這份漢堡排……

：明明是展露好太太一面的大好機會，但超常表現反而浪費了這個機會，這點也很Live-ON呢。

「這可以吃嗎？」

「是的。這是為了小劍精心製作的，請趁熱吃吧。」

「我、我開動了……」

小劍一臉緊張地拿起餐刀，將漢堡排切成一口大小，隨即用叉子叉起送入口中。

雖然比之前的試作成品更為美味，但食譜本身還是一樣的。這是將調理工程最佳化到極限——也就是細心打磨過的版本。

「啊姆…………！？！？」

小劍終於將餐點送進嘴裡。看到她閃亮的雙眼，就知道漢堡排本身是完美的。

好啦，只要小劍說出自己失憶的話，計畫就能完美收尾了。

呼，雖然一開始挺迷悃的，但回頭看來還滿有趣的呢。

「嗯～～～～～～！」

「…………………」

那、那個……可以請妳快點說嗎？

哎呀，妳沒必要作出那種像是深受感動的反應啦。不如說既然都要失憶了，怎麼還能沉浸在感動之中呢？

「（讚！）」

不，現在不是比讚的時候！沒必要露出那種「我這輩子都不會忘記這個味道……」的表情啦！這孩子在搞什麼啦！居然偏偏把作戰的記憶給忘掉了！

「唔！唔！」

「？」

我用表情提醒她作戰的內容。

「……！張嘴——！」

「不是————啦！！」

看到小劍又切了一塊漢堡排朝我遞來，我終於忍不住叫出聲。

記憶！不是要把記憶忘掉嗎！

這回我加上了手勢，拚了命地向小劍打暗號。

「唔？嗚？頭、頭好痛！？老、老子到底怎麼了？」

她似乎終於察覺到了……

如此這般，依照我們的計畫，小劍終於順利變回最合乎她期望的——恢復記憶之前的狀態。

：啥啊啊啊啊啊啊！？

：居然真的來這招wwww

：笑死我了www

：喂喂喂妳給我等一下啊啊啊！！

：結果妳果然還是Live-ON嘛！

當然在這之後，聊天室充滿了諸如此類的喧囂。但大家最後依然紛紛露出笑容，這只能歸功於小劍的個人魅力吧。

如此這般，究極漢堡排作戰計畫大獲成功。

…………

…………

…………這孩子果然不是泛泛之輩呢。

「師父，雖然現在說這個有點太晚了，但很抱歉把妳捲進來……」

「真的是有點晚呢……沒關係啦，畢竟我也是引發爭端的原因之一嘛。」

直播結束後，在我準備回家之際，或許是因為事情告一段落，冷靜下來的小劍這麼向我道歉。

「好溫柔……師父真不愧是師父……這次之所以會闖禍，大概是因為老子從以前就有那種瞻前不顧後的個性……」

「呵呵，我也覺得是這樣呢。」

「這樣呀……」

「我沒有要責怪妳的意思。有行動力是件好事喔。」

「但要是給周遭添麻煩就適得其反了……」

「無論是我、小匡、老師還是各位觀眾，從來沒人覺得麻煩喔。到頭來，整起事件終究還是在一片和樂融融的氣氛順利圓回來了，不是很好嗎？」

「如果是這樣就好了……」

「…………」

「師父？」

「啊，不好意思，我在想點事。」

我不禁稍稍沉默了下來。應該說，從之前發生的事情、這次的直播和她剛才說出口的話語，導致我的另一個目標——將小劍的才能轉化為言語——距離完成只差臨門一腳。

小劍不是普通的女孩子，我也明白她是和Live-ON同一國的人類。只差一點……要是能再拼上一塊拼圖，我就可以將這份理由和才能順利化為言語才對……

「啊，經紀人小姐傳訊息過來了……她說：『真不愧是ㄏㄨㄣˋㄉㄨㄣˋ高手呢！』太棒了——！不用被開除了——！」

小劍將手機的通訊畫面秀給我看。

然後，那最後一塊拼圖，竟是來自小劍擔心拋棄她的那一方——也就是Live-ON送來的禮物。

「……混沌？」

「對呀！她在稱讚老子的時候經常用這個詞呢！不過有點奇怪的是，她每次都是用注音發來的喔？」

「——————」

——原來如此，是這麼回事呀。

「小劍，我終於明白了。」

「啊——？明白什麼？」

「明白妳能以Live-ON自居的才能喔。」

「以Live-ON自居的才能？不不，老子才沒那種東西呢……就是因為沒有才能，才會搞出恢復失憶這種看在他人眼裡簡直莫名其妙的戲碼……」

「不，妳錯了！看了剛才的訊息，我徹底明白了！小劍的才能——便是『暖洋洋的混沌』！」

「——————」

小劍睜大了雙眼，然後——

「啊——？」

用力地偏了偏頭。

我還以為她會睜大眼睛，露出醍醐灌頂的反應啊……但針對我剛才的說法，她會一頭霧水也是沒辦法的事。

「我、我詳細說明一下。首先，小劍原本就具備著Live-ON的才能，也就是『混沌』的能力。」

「咦——？可是老子不像師父那樣會變成強〇，也不像聖大人想得到那些糟糕的黃色笑話，更不像有素前輩那樣能妄想些天馬行空的事喔？」

「不，即使和妳剛才提及的人物相比，小劍擁有的混沌依舊毫不遜色。重點在於——混沌的發展性。」

「混、混沌的發展性？」

「小劍所擁有的才能，便是將混沌和暖洋洋的氛圍聯繫在一起喔。」

「和、和暖洋洋的氛圍聯繫在一起？」

——小劍再次睜大雙眼。

「我們迄今所締造出來的混沌，大多和搞笑的氛圍有關。但妳和我們不同——也就是說，小劍不僅是與Live-ON相配的存在，也具備獨一無二的個性呢！」

「——這麼一提，小匡和老師好像也對老子說過類似的話呢……所以經紀人傳來的這份訊息，與其說是稱讚努力維持設定的我，更像是……」

「她是在稱讚小劍妳本人喔。她一定是想對妳說『妳表現得很Live-ON』吧。」

「……暖洋洋的氛圍真的好嗎？」

「我反過來問妳，妳覺得暖洋洋有哪裡不好了？」

「真的嗎——咦咦咦咦真的嗎——！」

小劍突然扯開嗓子大喊。她隨即展露笑容，在我面前蹦蹦跳跳了起來。

太好了，看來她終於察覺到自己的價值了呢。

「我覺得妳可以和同期或是經紀人小姐好好聊聊。她們肯定也會和我說出一樣的話喔。」

「……說起來，我可能真的沒有和她們認真聊過這方面的話題……同期固然也是理由之一，老子也不敢對經紀人開口，說我害怕自作聰明的設定讓自己落得被開除的下場……」

「啊——……」

「和她們說真的好嗎？」

「不會有事的。」

我像是在推她一把似的立即回答：

「因為這裡是妳所憧憬、我所深愛的Live-ON呀！」

「————嗯！」

接受了自己的小劍所展露的笑容極為耀眼——甚至讓我亢奮得沒辦法說出話來。

「……咦，照這麼說來，老子其實沒必要維持失憶的設定嗎……？」

「……仔細想想是這樣沒錯呢……要放棄嗎？」

「不用。」

聽到我略感遺憾地問出口的問題，小劍像是要回敬我方才的回答般，迅速搖了搖頭。

「這是被Live-ON錄取的契機，所以老子已經對這設定產生感情了。而在明白不加偽裝的老子也能繼續待在Live-ON之後，想必能毫無負擔地拿來當哏吧。況且——」

她一如往常地說出了誠懇的話語。

「因為有小匡、老師和敬重的師父保護著老子，老子維持這樣就好！」

老實說，我真的覺得這孩子的這部分很犯規。

小劍曾說過，待在Live-ON就是她最大的幸福。其實就算時至今日，看到她把這樣的想法當成理所當然的常識時，我仍擔心她今後會不會再次因為對自己產生懷疑而爆發新的危機。但從現在的反應來看，應該是不用擔那個心了。

不對，即使真的掀起風波，這孩子肯定也能引發出新的混沌，並在一陣混亂後以暖洋洋的氛圍作結吧。

這便是小劍的才能——正如五期生聚首時一同宣示過的那般，是Live-ON吹起的全新旋風。

過了幾天，小劍向我回報和眾人談心的過程。結果自是不言而喻。

「呼……」

隨著事件告一段落，我雖然覺得自己做了些不太習慣的事，但仔細想想，綜觀Live-ON的歷史事件，大多都是以接納眾人的本性作結。這次則恰恰相反，走的是重拾設定的路子呢。

結果小劍恢復了失憶的狀態，甚至察覺到自己的才能。這下著實是了卻一樁心事了。我的表現還對得起師父這樣的頭銜吧？

……只不過……那個……

「身為師父的我，到現在都還沒辦法恢復原本清秀的設定耶……」

「來回覆蜂蜜蛋糕吧！」

@恭喜詩音小姐和聖大人成為情侶。

我在此有個疑問。詩音小姐總是自稱大家的媽咪，那要稱呼身為伴侶的聖大人的話，究竟是喊媽咪還是爸比比較好呢？@

「唔嗯……果然還是砲友最合適吧。」

：分手啦。

：果然是這麼回事。

：我反而想問這樣好嗎……？大家都會喊妳砲友喔……？

：感覺會被第一次看台的觀眾嚴重誤解。

「呵，這不是更讓人興奮嗎？」

：分手啦。

：笑死。

：果然是高手呢……

「……不過稱呼姑且不提。以在Live-ON身處的位置來說，我覺得爸比這叫法還滿貼切的。瑪娜小姐畢業之際，我也曾這麼留言過呢。」

：話是這樣說沒錯啦。

：有些笨拙的地方倒也吻合父親的形象。

：是好色老爸呢。　¥4545

「講得真難聽。聖大人可是技術高手喔？」

：唉——……

：剛才的發言說不定會惹火詩音媽咪喔……

〈神成詩音〉：變成小嬰兒的話就原諒妳。

「哈哈哈，都怪你各位多嘴，害聖大人非得變成嬰兒不可了……」

：詩音媽咪w

：這還真是強悍。

：被壓得死死的笑死。

：這世上有許多命中注定的事項呢。

@都是性(Sei)大人的關係，我每次看到聖(Hijiri)這個角色都會唸錯，請負起責任。@

「侵犯的居然不只身體，連名字都不放過……我真是個可怕的女人。」

：竟然波及到其他人的名聲了，妳還是把名字改回要去要去抽擂丸吧。

：我覺得去抽丸很適合妳喔。

：我支持聖大人因為太笨把要去要去抽擂丸讀成宇月聖的說法。

「真過分啊。我女友也在場，就不能給我點面子嗎？」

：要去要去爽爽丸。

「嗯——這應該不是我要的答案喔？」

@我今天才知道原來聖大人是庫斯科王國的開國君主（註：典出印加傳說的開國君主「曼科·卡帕克」，日語音近「把私處打開」）。

居然也有祕魯的機場以您的名字命名，真不愧是聖大人呢！@

「說到和姓名有關，我就想到這則蜂蜜蛋糕呢。好啦，看來唸不出名字的似乎是你各位喔？」

：我查了一下，原來還有這種名字……

：不同語言所締造出來的奇蹟。

：（祕魯大大）真是抱歉。

@性大人。

我是十六歲的女高中生，想和性大人做百合性交。該怎麼辦才好？@

「唔嗯——雖然很想立即開動，但聖大人的身分實在不方便單獨回應呢。去透過公司向我申請吧。」

：妳打算讓公司從中斡旋嗎！

：女友都在場了，妳還是直接拒絕吧……

：和我們相比，這女人更有問題吧。

：感覺差不多要被逼著生孩子了。

：被逼著生孩子……？

@致聖大人：

聖大人太過變態，我不想看到您再次被剝奪收益的下場，所以我會拜託組長將您關進反省室。

您會同意的對吧（施壓）？@

「在反省室偷偷升天感覺超級讓人興奮的。就命名為反省慰吧。」

：這絕對沒有在反省吧www

：居然敢在組長的設施做這檔事……

：感覺曝光的話就會被拿刀子捅。

@小淡雪一直不回顧自己的出道直播呢！

身為發起人的聖大人是不是也想快點看到呢？@

「這個呀，我以前曾問過本人，但她只是拚命道歉說：『現在還不是時候。』延遲了我的提案。其實聖大人同樣有點在意，所以剛才又去問了一次喔。而她的回應則是：『在我打算觀看之際，從心底湧上的不僅有羞恥，還有形形色色的情緒滿溢而出，所以我打算挑個更加合適的時機和大家一同觀看。真的很抱歉，但我有朝一日一定會實現的！』」

：確實是有這麼回事呢。

：好想讓她看……

：這難道不是逃避的藉口嗎？

：真可疑……

：算啦，畢竟隨著時間拉長，反彈的力道也會增強嘛w

「呵呵，既然淡雪都承諾過了，總有一天還是會實踐的吧。身為提案人的聖大人也要在這裡請大家再稍等一陣子。那麼接下來就是最後一則蜂蜜蛋糕啦。」

@聖大人：

這個世界似乎逐漸變得高呼著多樣性了呢。

您有對這樣的世界抱持著某種野心、要求或是夢想嗎？@

「這個嘛……若是就當個夢想……大概便是希望世上每個人都能好好地認同他人的樣貌吧。」

「要來回覆蜂蜜蛋糕啦——！」

@（之前在小咻瓦的閒聊直播裡，我曾在她提及和經紀人的對答時看到有人留言「雖然用嬰兒體寫信逐漸加深了與小詩音的羈絆，但別忘記小還的經紀人啊」，讓我不禁哈哈大笑。）

最近還有和小還的經紀人發生過什麼印象深刻的小故事嗎？@

「沒錯沒錯！我和小還的經紀人小姐變得很要好呢！最近的小故事嘛……不限於近期，每當我們一同出遊時，只要看到托兒所或是幼兒園便一定會一同停下腳步好幾秒鐘。大概就是這樣的小事吧。」

：喂喂是警察叔叔嗎？

：完全就是危險分子笑死。

：那可不是娛樂設施啊。

：千萬別對著托兒設施發起突擊訪問啊……

：和看到女校時的我如出一轍嘛。

「你、你們誤會了！我們真的只有停下來幾秒鐘，然後就會按捺衝動繼續邁步了！真的不是在做危險的事喔！但有時在那之後會露出噁心的表情就是了！」

：果然是聖大人的伴侶……

：還順便自白了沒問題的事情笑死。

：感覺會聽著幼兒的哭聲流口水。

@除了小還把小淡認成超媽咪，最近小劍也和小淡一起做了漢堡排。我覺得小淡似乎更有Live-ON媽咪的風範。請問您對此作何感想？@

「心音淡雪小姐，請立刻來小嬰兒指導室一趟。」

：好可怕！

：語氣是認真的笑死。

：居然有這種充滿人性黑暗面的房間，真不愧是Live-ON。

：不是指導小嬰兒的房間，而是把人變成小嬰兒的房間笑死。

：￥1188

「小淡雪明明就是詩音媽咪的小嬰兒，卻一直缺乏自覺呢。大家別擔心喔？只要進了小嬰兒指導室讓我教導個一週，小淡雪就會失去講話的能力了。」

：失去講話的能力。

：是聲帶蟲（註：出自電玩遊戲「潛龍諜影Ⅴ 幻痛」，為一種會寄生在人類體內、具有傳染能力的寄生蟲。當寄生者說出特定語言，就會讓聲帶蟲於體內失控，最後發狂而亡）**嗎？**

：這就是民族淨化嗎？

：雖然是會淨化人格沒錯啦……

：老實說我超級喜歡病嬌風格的詩音媽咪。

@儘管詩音媽咪是大家的媽咪，但詩音媽咪的媽咪的媽咪還是詩音媽咪嗎？@

「雖然不是很懂，但詩音媽咪是一切的媽咪喔……」

：記得她以前也講過類似的話，但現在聽起來怎麼有點可怕……

：一切的……？不是大家的媽咪……？

：母性嗨爆巫女。

@好的，我要向常識派（爆笑）的直播主提問！

請說說您覺得四期生裡最好相處，以及最不好相處的成員！@

「詩音媽咪是常識派沒錯喔！真是的！呃，是關於四期生的提問呀。這個嘛……小愛萊不懂反應很快，而且基本上什麼事都難不倒她呢！」

：基本（離島除外）。

：別把組長流放到外島啦。

：她平常的確是很機靈。

「所以很難讓她變成小嬰兒呢。唉。」

：欸？所以是不好相處那一派的？

：wwwwwww

：別搞這種大逆轉啦。

「小有素只對小淡雪感興趣。而小還明明是個小嬰兒，卻不認我這個媽咪……」

：全軍覆沒笑死。

：四期生喔……

：這是詩音媽咪不對吧！

「不過需要操心的孩子最棒了！沒有不好相處的孩子喔！詩音媽咪最喜歡大家了！」

：別搞大大逆轉啦。

：詩音媽咪喔……

：到底是好孩子還是好媽咪？我已經搞不懂了。

@長照很辛苦呢……對啦！不如就……（註：典出日本網路討論區「2ch」、「5ch」的討論板之一「什麼都實況的板Jupiter（簡稱なんJ）」用語。通常會以「（上文）……對啦！不如就（下文）吧」的方式為文體，下文多以荒唐的內容為主）@

「長照真的很辛苦呢。不僅總攬各式各樣的難題，還有著無法輕易談論的一面，甚至只能用這樣的方式呈現……明明是個需要多方改善的業界，卻始終有種遲滯不前的感覺呢……」

：咦，怎麼突然正經起來了？發生什麼事？

：詩音媽咪？

：哦？是要收復自己的常識派頭銜了嗎？

「嗯——？你們在說什麼？詩音媽咪一直都很正經喔！」

：啊。

：oh……

：吧噗！　￥50000

閒話　山谷還回覆蜂蜜蛋糕

「這裡是跨越高山、跨越低谷，最終抵達的歸還之處。歡迎收聽山谷還的頻道。今天就來回覆蜂蜜蛋糕吧。」

：嘔噁。

：小還？妳沒事吧？要不要超留？　¥500

：哎呀小還好會講話喔！　¥200

：怎麼是變回原樣的問候語啊。

：好不容易從名為公司的山谷回來卻還得育兒，這個V也未免太沒人性了。

：這就是跨不過高山、跨不過低谷，最終落魄歸鄉之人的模樣嗎……

：如果能回到安身之處倒也不錯啦。

「聊天室還是老樣子，呈現兩種極端的風貌呢……我只是收到了＠偶爾也想看看吧百列用官方問候語向我們打招呼的樣子（魔狩不算）＠這樣的蜂蜜蛋糕而已。接下來就會照例變回小嬰兒了，大家多多指教。」

@致吧百列：

還總是自稱小嬰兒，是像海〇小姐（註：典出日本長青動畫「海螺小姐」。雖然已在現實世界裡播映了超過五十年，但劇中的時間並未流逝，因此被戲稱為「海螺小姐時空」）那樣青春永駐嗎？還是說總有一天會脫離小嬰兒的身分呢？@

「在自稱小嬰兒的期間，還就是小嬰兒。縱使垂垂老矣，只要還自稱是小嬰兒，那就是小嬰兒了。只要有還在，就算是老人院也會變成托嬰所喔。」

：喔——喔——這女人很不妙喔！

：果然還是搞不懂妳啊……

：為什麼能自信滿滿地胡說八道啊？

：因為她是小嬰兒啊。這是不受社會箝制的無窮想像力喔。

：**掌聲鼓勵鼓勵！　¥888**

：這不是不受社會限制，只是不去面對社會而已啊。

：老人院「原來老夫是托嬰所嗎？」

：老太婆小嬰兒「吧……吧噗……（嘶啞）」

：不能把這傢伙從怪人院（Live-ON）放出來啊。

@吧百列的媽咪是小咪瓦，小咪瓦的媽咪則是真白白，所以真白白是吧百列的奶奶

嗎……？@

「真白前輩聽到可是會生氣的喔。說起來，要是深入研究Live-ON的族譜，就會形成剪不斷理還亂的關係圖，感覺像是生命樹（註：出自猶太教的樹狀符號，由十個圓圈和二十二條路徑組成）一樣呢。」

@我一直猶豫要送吧百列什麼禮物。不曉得妳喜歡的是奶瓶還是奶嘴，於是送了這篇沒營養的蛋糕給妳。@

「與其寫下沒營養的蛋糕，不如來當我的媽咪啦。應該說，吧百列這個叫法是不是太普遍了點？還之前也被工作人員稱為『吧百列小姐』喔？但我回了一句『吧噗』之後，對方又把我叫回『還小姐』了。」

：別褻瀆生命樹啦。

：因為吧百列唸起來朗朗上口啊。

：我的腦袋跟不上那起工作人員的小插曲……

@您的經紀人和詩音媽咪是摯友——或者說是同類的傳聞已經傳得沸沸揚揚，請發表一句感想。@

「她傳來的訊息都很難讀。」

：wwwww

：喂喂！

：**她可是誠心誠意地把妳看成小嬰兒喔！**

「我當然對此感到感謝——或者說是慶幸。但她的小嬰兒文體最近已經走火入魔，連還都得花費心思去解讀喔。能看出『要下下喔！』是在講『請去下載』的還是不是很厲害？」

：**看起來和經紀人小姐的感情很好，媽咪我放心了。**

：**能解讀的只有小嬰兒啊。**

：**超乎想像的大草原。**

@Yo那邊的Baby小姐

跟上節奏everyone

夢幻島上的彼〇潘

要穿尿布就要買Moo〇yMan（註：日本尿布廠商「Moomy」的產品）@

「還會死在夢幻島上的。」

：**的確如此。**

：**突然正經回應笑死。**

：**妳現在倒是分辨得很清楚啊……**

「我並未感受到生命危險，因為還是個小嬰兒啊。接下來是最後一則蜂蜜蛋糕。」

@初次和淡雪小姐見面時的印象為何？@

「是我的超媽咪，從初遇到現在都沒變過。」

終章

距離短劍的事件結束過了大約一個月。現在正是三月清風混入四月花香的時節。這天秋莉莉家除了屋主秋莉莉外，還有同期的宮內匡和短劍造訪。此時她們正準備做晚餐。

這在平時並不是多麼罕見的光景。由於秋莉莉缺乏生活自理能力，因此這三人經常會為了做家事、做飯或消磨時間而一起待在這裡。不過最近一週的狀況有些反常。

「匡同學，妳最近是怎麼了？都不來我家，也都沒有直播，更沒更新社群網站，現在就連訊息都不發來了。到底是怎麼回事？」

「好啦好啦，別用這種責難的語氣講話啦。只要老實說妳很擔心她就好啦。」

「我、我才沒有擔心她呢！只是預定行程被打亂，讓我有點煩躁罷了！」

「好好好。不過妳到底是怎麼了？老子也很擔心妳喔？」

秋莉莉和短劍對匡投以擔心的目光。

「…………」

匡卻呈現心不在焉的模樣，甚至沒察覺話題轉到自己身上的樣子。

「小匡？」

「欸，妳真的不要緊嗎？身體不舒服嗎？是說妳是不是變瘦了點？」

「咦？」

看到匡失去往常的活力，秋莉莉終於不再掩飾自己的擔心之情。正當她搭上匡的雙肩窺探臉孔之際，匡似乎終於把話語聽了進去，作出反應。

「啊、喔……抱歉。我沒事。呃……對對，該煮晚餐了。」

說著，匡暫時又變回了平時的模樣。只不過——

「…………………………」

「欸，小匡！鍋子煮過頭了！滿出來了！」

「欸？啊，糟了？該該該、該怎麼辦？」

「總之把火給關掉！」

在煮飯的過程當中，匡再度變回了漫不經心的模樣。

「匡同學，妳沒燙傷吧……？」

「嗯，我沒事……」

「真是的！小匡今天不准做菜！由老子一人包辦就好，妳給我坐著等吃飯！」

這是平時的匡不會犯下的失誤。最後，匡被短劍趕出了廚房。

「唉……」

匡坐在餐桌旁的椅子上，面露沮喪的神情嘆了口氣。

「……畢業典禮後發生了什麼事？」

看著喪氣的匡，秋莉莉這麼開口問道。

匡變得深居簡出，是從她就讀的學校舉辦了畢業典禮的那天開始。

（話說回來，在解決短劍同學的事件後，我們曾聊過這個話題。而從那天起，她就變得經常發呆呢……）

秋莉莉想起匡整個三月的表現，逐漸理出頭緒。

「…………………」

匡依然沉默不語。與其說是不想講話，更像是不曉得該如何說明。

（是在決定畢業後的出路時發生了什麼事嗎？但她很早就決定要和我們一起專注於直播主這一行了呀……）

就在秋莉莉百思不得其解之際——

「算了，總之先吃飯吧。」

透過與匡相處迄今的經驗，秋莉莉認為沒有逼迫失意的匡吐露心聲的必要。在時機成熟之前，她決定不深究這個話題。

「老師來幫老子拿盤子！」

「好好好。」

「『好』說一次就好！」

「我們的立場是不是反了……？」

雖然嘴上這麼說，但秋莉莉和短劍都以俐落的動作將完成的料理端上桌，絲毫不給匡介入的餘地。

隨後，她們一如往常地開始用餐。

「欸，老子看起來這麼不像失憶的人嗎？」

「和政治家說『我沒有那方面的記憶』的意思是一樣的喔。」

「但、但那種說法也可能是事實吧？欸欸，小匡是怎麼想的？」

秋莉莉和短劍一邊用眼神傳遞著訊息，同時也以自然而然的口吻，將話題拋給一直沉默不語的匡。

而究竟是察覺到兩人的體貼之情——抑或是送入口中的熱騰騰料理打動了她的心——又或者是兩者皆是——

不，光是她會來到這裡，可能便代表她其實早就撐不住了。

「……晴前輩早就發現了。」

「「咦？」」

匡像是承受不住背負的重擔似的，小聲地開口說道：

「晴前輩打從一開始就看穿了，所以才會向宮內提案。」

「小、小匡？」

「我其實一直在說謊。我只是打著正義的大旗，企圖合理化內心的慾望。為了達成這自私的目的，我向全無過錯的Live-ON發起攻擊——不只是Live-ON，而是至今的所有目標都……啊，為什麼……」

「喂——？聽得見老子的聲音嗎——？」

「對不起，真的很對不起。好想回去，好想回到過去重來，好想阻止自己，為什麼當時沒阻止我？不對不對，說起來這都是我的錯，那一切的一切，都為我增添了一筆又一筆的慚愧。我懂，我明明已經懂了，卻不知該怎麼辦……為什麼，我為什麼要做那些事……明明小劍和老師都在……啊，我受夠了！我受夠了！我受夠了！夠了夠了夠了夠了！」

「喂、喂？妳到底怎麼了？沒事吧？」

一旦身體失去平衡，就只能眼睜睜地看著重擔壓垮自己。

小劍雖然看得一頭霧水，卻仍跑到言行失控的匡的身旁，搖晃著她的雙肩持續喊話。

而秋莉莉則愕然地眺望著眼前的光景。

（怎麼會……）

她之所以不像短劍那樣採取行動，是有理由的。

秋莉莉和短劍不同。雖然不曉得匡變成這樣的緣由為何，但秋莉莉明白現在的她處於何種狀態。

（匡同學……為什麼……）

正因為明白，這強烈的打擊更令她動彈不得。

但她的判斷並沒有錯。懊悔過往、想重頭再來的想法強烈得反常，加上自暴自棄的念頭和對未來的負面思考——一切都是秋莉莉自己過去體驗過無數次的思緒。

「夠了……我已經不曉得該怎麼辦了……」

匡這麼說完，終於對著兩人抬起了臉龐。

——那是被不安壓垮，尋求救命稻草的表情。

秋莉莉的腦海裡閃過了自己過去的模樣。對極為清楚匡平時為人的她來說，這樣的答案未免過於殘酷。

（匡同學她……患上心病了。）

後記

感謝各位購入《V傳》第八集，我是作者七斗七。

這集著重於描寫短劍，除了素來一以貫之的混沌感之外，我還稍稍加強了軟綿綿又暖呼呼的虛脫氛圍。說不定相比過往，這樣的創作主題顯得相當罕見呢。尾聲出場回覆蜂蜜蛋糕的三人，都是這次戲份較少的角色。如果可以，希望總有一天能讓所有人都上場回覆！

由於主軸的部分較為輕柔，因此終章描繪了山雨欲來的情境。下一集將是前輩和後輩們東奔西走，宛如雲霄飛車般的一集（當然這是V傳，所以還是會以喜劇作為主軸的笑）。

說起來，淡雪之所以遲遲不看小咻瓦的首次直播，我真的要以作者的身分向各位道個歉……這原本是早已安排好的伏筆，卻因為諸多原因讓我錯失良機。當時我雖然覺得要重新安排情節並不難，卻對此感到放心而拋諸腦後，直到製作動畫重新檢查時才終於想起有這麼一回事。我真是蠢過頭了……

一如先前所述，我會好好收回這段埋好的伏筆，對此感到在意的讀者們還請再稍待一陣子。

好啦，接下來就銜接上一集的後記，聊些撰寫V傳至今察覺到的小小心得吧。

這次想和大家聊聊的是「留言」的部分。雖然對V傳來說是一開始就理所當然地存在著的部分，但我在創作之初其實對某個點傷透了腦筋——亦即是否要重視真實性的問題。

舉例來說，以現實中的直播而言，一般都會盡量避免「對留言的內容留言吐槽」——也就是在聊天室裡對話的行徑。說起來，留言直到出現在螢幕上為止，總會存在著些許延遲，因此即使只是想讓直播主與特定的留言互動，其實也困難重重。

為此，在撰寫V傳之初，我曾苦惱著是否要在作品裡重現這樣的現實感。

到了最後，我讓V傳呈現出類似混合了YouTube聊天室，以及Niconico留言區和討論板的氛圍，也決定不呈現延遲的感覺。

理由在於以小說的創作形式來說，這種設定最為有趣，同時也是獨有的表現手法。

或許也有人認為徹底重現才是真正致敬原本的設計。但到頭來，若不能先將有趣的一面呈現而出，這部作品也就沒有發展性可言了。雖說本作帶有獨樹一格的調性，我卻仍將「該如何以小說形式呈現V的有趣之處」視為頭號課題，才誕生了現在的V傳。倘若各位能包容我的作法並樂在其中，便是我的榮幸。

在撰寫和V有關的作品時，「該如何透過這部分的描寫呈現作品的獨特性」或許也是常見的苦惱吧。

如此這般，V傳便是一部在試誤之中不斷成長的作品。

雖說筆者起初只是想自由自在地創作理想中的V箱活動，但寫著寫著就不禁湧上了「為什麼會變成這樣」的困惑……之所以會以忘記關台這種有可能釀成輿論大火的事件作為爆紅的契機，也是因為當時存在著對於言行失當的V有著抨擊過剩的風氣，我則是想對此唱反調。這與道德上的善惡無關，多少摻入了作者的個人想法。

不過對於V傳來說，這段過程或許也是從象牙塔裡的小世界茁壯為與他人共存的世界吧。在獲得了多媒體發展機會的現在，我認為這樣的成長格外重要，畢竟自己能獨自辦到的事情實在有限嘛。

今後我也會盡己所能，持續地努力下去。

最後，我要在此感謝與製作第八集相關的所有人員，以及為我加油打氣的各位。謝謝你們一直以來的支持，讓我們在第九集再會吧。

青春與惡魔 1~2 待續

作者：池田明季哉　插畫：ゆーFOU

倘若懷抱絕對無法實現的願望……
真的還有辦法驅除惡魔嗎？

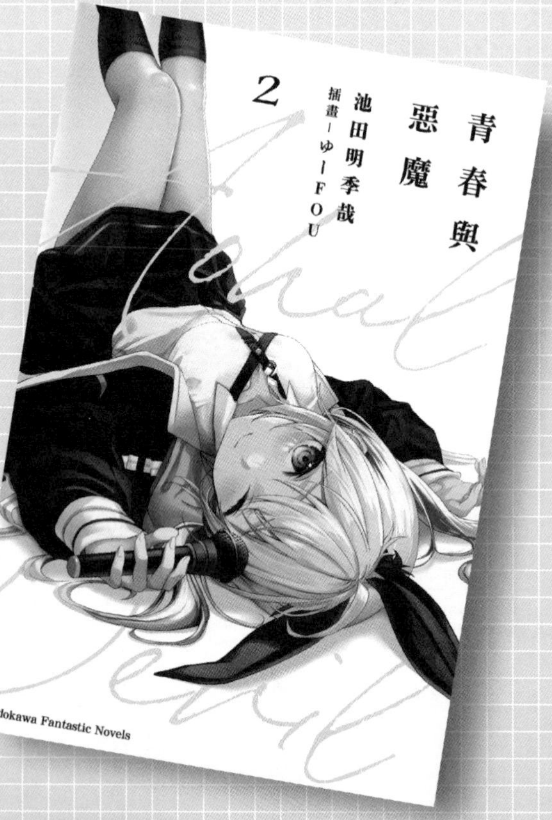

某天，突然不來學校上課的三雨向有葉商量起心事。當她脫掉帽子後，蹦出來的——竟是一對長長的兔子耳朵？為了驅除附身在三雨身上的惡魔，有葉與她一同行動，並得知她藏在心底的心意。與此同時，衣緒花和有葉之間也產生了若有似無的隔閡——

各 NT$220~240/HK$73~80

我買下了與她的每週密會
～以五千圓為藉口，共度兩人時光～ 1～2待續

作者：羽田宇佐　插畫：U35

這段曖昧糾結的關係，
在高中最後的夏天產生動搖——

放長假讓我很鬱悶。雖然早就習慣了，但是我並不喜歡獨處。高中最後的暑假大家都很忙，我和仙台同學之間也有只會在「放學後」見面的規矩在。然而她卻提議：「我來當妳的家教。」……只有我很在意我們接吻了的事嗎？

各NT$270~280/HK$90~93

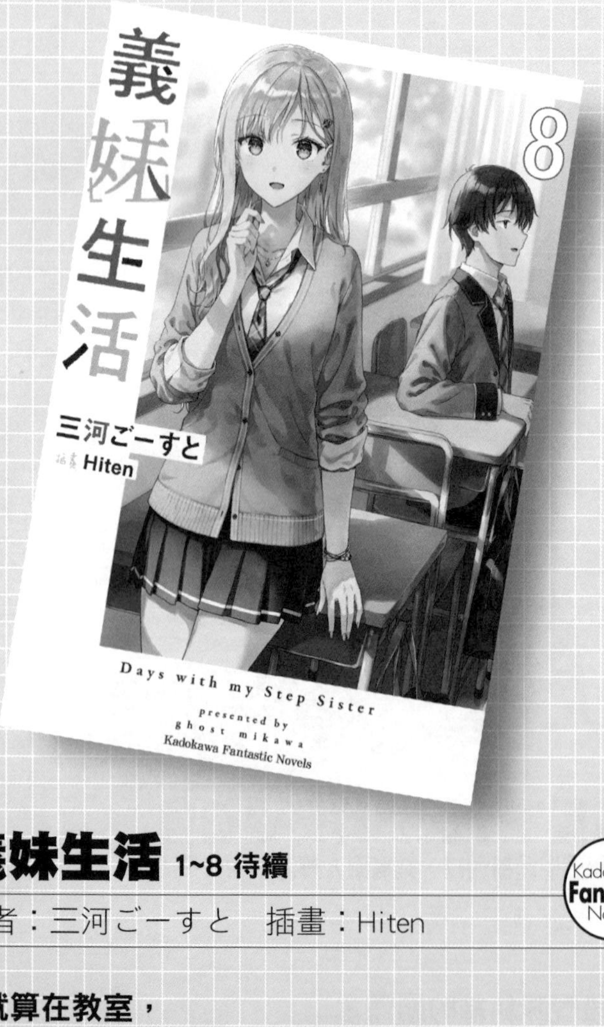

義妹生活 1~8 待續

Kadokawa Fantastic Novels

作者：三河ごーすと　插畫：Hiten

「就算在教室，
我也想和你說更多話、想要離你更近。」

隨著升上三年級，悠太與沙季迎來重大的變化。重新分班讓兩人展開了在同一間教室的生活，逐漸逼近的大考與還沒抓到方向的未來藍圖，令他們不知所措。一直以來都在緩緩縮短距離的兩人，為了重新審視彼此之間過於親近的關係而「磨合」，不過——？

各 **NT$200~220/HK$67~73**

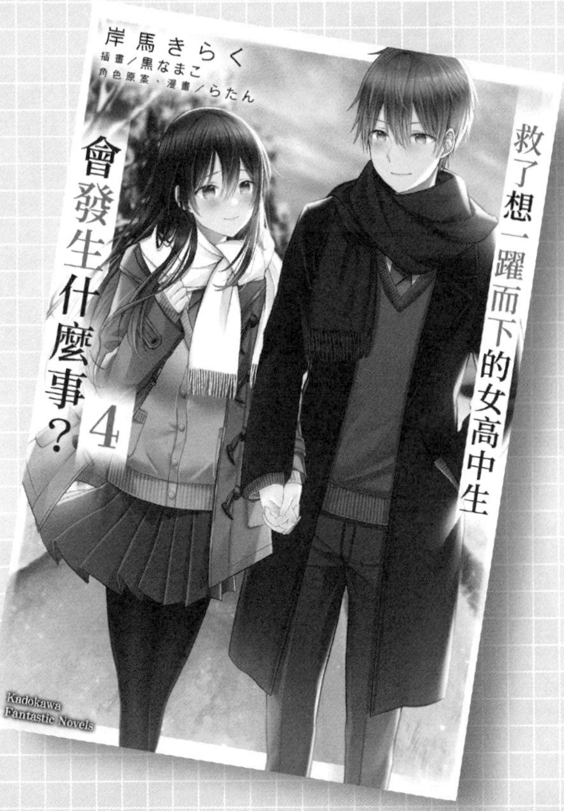

救了想一躍而下的女高中生會發生什麼事？ 1~4（完）

Kadokawa Fantastic Novels

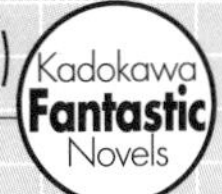

作者：岸馬きらく　插畫：黒なまこ　角色原案、漫畫：らたん

塑造出結城祐介的過去及一路走來的軌跡終將明朗。
加深兩人愛情與牽絆的第四集——

寒假第一天，兩人接受結城母親的邀請，前往結城老家。神色緊張的小鳥第一次見到了結城性格爽朗的母親，以及與哥哥截然不同，總是閉門不出的弟弟。不僅如此，甚至還出現一個宣稱自己喜歡結城的兒時玩伴……？

各 **NT$200~220/HK$67~73**

在地鐵拯救美少女後默默離去的我，成了舉國知名的英雄。1~3（完）

Kadokawa Fantastic Novels

作者：水戸前カルヤ　插畫：ひげ猫

「你就是救了我的英雄嗎？」
濫好人英雄的學園戀愛喜劇，正式完結！

涼在社群上發現疑似跟蹤狂的人物，於是在背地裡默默保護著雛海……照理說是這樣。但古井同學和友里也加入，一行人不僅假日約在購物中心看電影，甚至一起去了兩天一夜的旅行？與美少女們共度暑假既熱鬧又開心……危險的跟蹤狂卻逼近雛海與涼——！

各 **NT$220~260 / HK$73~87**

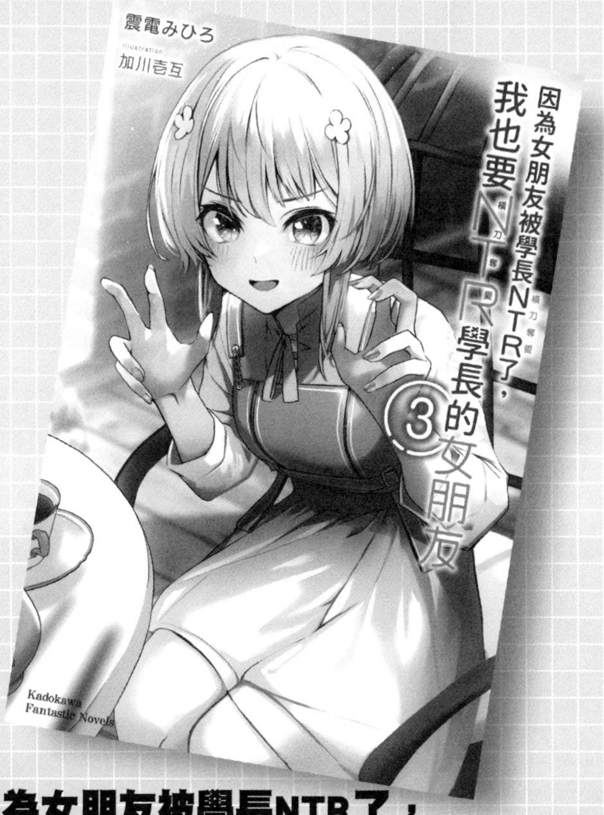

因為女朋友被學長NTR了，我也要NTR學長的女朋友 1~3 待續

作者：震電みひろ　插畫：加川壱互

餘情未了？別有所圖？
以選美比賽為舞台，前女友即將展開報復？

在蜜本果憐的安排下，燈子被迫參加校內選美大賽，卻意外陷入苦戰。優提議以燈子罕為人知的可愛一面來博取支持，結果又是做菜又是穿泳裝，甚至還得展現令人難以想像的一面？兩人被前女友來襲的狀況耍得團團轉，戀情究竟會如何發展？

各 **NT$220~250/HK$73~83**

國家圖書館出版品預行編目資料

身為 VTuber 的我因為忘記關台而成了傳說 / 七斗七作 ; 蔚山譯 . -- 初版 . -- 臺北市 : 臺灣角川股份有限公司 , 2024.07-

冊 ; 公分

譯自 : VTuber なんだが配信切り忘れたら伝説になってた

ISBN 978-626-400-218-9(第 8 冊 : 平裝)

861.57 113006545

Kadokawa Fantastic Novels

身為VTuber的我因為忘記關台而成了傳說 8

（原著名：VTuberなんだが配信切り忘れたら伝説になってた 8）

2024年7月10日　初版第1刷發行

作　　者：七斗七
插　　畫：塩かずのこ
譯　　者：蔚山

發 行 人：台灣角川股份有限公司
總　　監：呂慧君
總 編 輯：蔡佩芬
主　　編：林秀儒
編　　輯：邱瓈萱
設計指導：陳晞叡
美術設計：李思穎
印　　務：李明修（主任）、張加恩（主任）、張凱棋、潘尚琪

發 行 所：台灣角川股份有限公司
地　　址：104台北市中山區松江路223號3樓
電　　話：（02）2515-3000
傳　　真：（02）2515-0033
網　　址：www.kadokawa.com.tw
劃撥帳戶：台灣角川股份有限公司
劃撥帳號：19487412
法律顧問：有澤法律事務所
製　　版：巨茂科技印刷有限公司
I S B N：978-626-400-218-9